忘却《ぼうきゃく》の軍神《かみ》と
装甲戦姫《ブリュンヒルデ》IV

朝華は苦しいから、といつも
パジャマのボタンを二つ三つはずしている。
そして生来の寝相の悪さか、
今では前のボタン全てがはずれて、
豊乳の上で自己主張する
鮮やかな桜色の美点が丸見えだった。

「ん〜、なによ朝徒、
アタシまだねむ……っ!?」

桜庭エリコ
桐生アサカ
レジアン・バランド

天道ミズキ
桐生マイカ

《イザナギシステム起動》

「一一分隊式フルコース。
史上最強を自称するなら
俺ら全員に勝ってみろ!!」

contents

忘却の軍神《かみ》と装甲戦姫《ブリュンヒルデ》Ⅳ

鏡銀鉢

MF文庫J

口絵・本文イラスト●chocomori
メカデザイン・口絵・本文イラスト●karamiso/lnw

プロローグ

　カーテン越しにうららかな春の日差しを浴びながら、桐生朝華《きりゅうあさか》は幸せそうな顔で寝ていた。腰まで伸びた、流れるように艶《つや》やかな髪がキレイな美少女である。

　肌は白いが血色が良い健康美を持っているし、顔は将来性を感じさせる美貌《びぼう》と同時に、まだ中学生らしい可愛《かわい》らしさを残していた。

　大きくぱっちりとした眼《め》、形の良い小さな唇、そして美しいラインを引いた輪郭は男子ならば一度見れば二度と忘れられないだろう。

　手足は均整が取れていて首とウエストは華奢《きゃしゃ》、なのに豊かに育った胸は女神の曲線を描き、寝返りに合わせて揺れては元の形に戻って低反発力とまろやかさを語る。

　程良く肉付きの良いお尻《しり》は、触れたら気持ちよさそうなふとももから引き締まった腰にかけて黄金のヒップラインをなぞる。

　顔は美人だが可愛らしく。肌は若々しく瑞々《みずみず》しく。

　そのくせカラダは男子に容赦のないセクシープロポーションである。

　ちなみに学校の『美少女ランキング』と、ある事情で『彼女にしたくない女子ランキング』の投票数の七割を独占して、堂々のぶっちぎり一位を取り続け殿堂入りしている。

春の日差しを和らげるカーテンが、外からサッと開けられた。

窓枠に靴下で立つ、学生服姿の桐生朝徒《きりゅうあさと》が跳躍。

朝華《あさか》のベッドの隣に着地した。

「おい起きろ朝華。朝だぞ時間だぞ遅刻だぞ」

「う〜ん、あと二時間……」

「映画一本見られるだろ！　さっさと起きろ！」

朝徒は勢いよく朝華の掛け布団を引きはがして、目が血走った。

朝華は苦しいから、といつもパジャマのボタンを二つ三つはずしている。そして生来の寝相の悪さか、今では前のボタン全《すべ》てがはずれて、豊乳の上で自己主張する鮮やかな桜色の美点が丸見えだった。

「ん〜、なによ朝徒、アタシまだねむ……っ!?」

やわらかく揺れる自分の胸に気付く朝華。彼女のヒジが後ろに大きく引かれる。

「どこ見てんのよアホト!!」

「理不ずぃん!!」

朝徒は鼻血を流し、首をひねってコマのように回転しながら部屋のドアまで吹っ飛んだ。

「もお、いくらアタシの胸が美巨乳だからって朝から何考えてんのよ……」

朝華はちょっと頬《ほお》を染めながら自分の胸を抱き隠す。朝徒が彼女へ一言、

「そんな格好で寝ているお前が悪——」

「うるさい！」

顔面に香りの良い枕《まくら》を投げつけられて、朝徒は黙った。

◆

「じゃあいってきまーす」

「おばさんいってきまーす。ったく、幼馴染《おさななじみ》に起こされるのって普通立場逆だろ。てかいつまで俺に起こさせる気だよ」

朝華と一緒に家を出ながら文句を言う朝徒。しかし朝華は逆に口を尖《とが》らせる。

「いいじゃない。おかげで朝っぱらからこーんな可愛《かわい》い子の胸を見られたんだから。こっちはお釣りが欲しいくらいよ」

「…………」

朝徒が、それ自分で言うのか、と呆《あき》れて黙る。

その無言をどう解釈したのか、朝華はニヤっとしながら見上げてくる。

「あっ、何もしかしてアタシの巨乳見て興奮しちゃった？」

朝華は朝徒の腕に抱き付き、豊満な胸を押しつける。

朝徒は渋面を作った。

「お前の凶悪な顔と凶悪なおっぱいと凶悪な尻《しり》には興味ないよ」

「なんですってぇっ！」

朝華《あさか》が両目を吊《つ》り上げ握《にぎ》り拳《こぶし》を作った。朝華がこうなったら逃げるが勝ちである。

「ヤベっと」

「待ちなさい朝徒《あさと》ぉおおおお！」

一〇〇メートルを一〇秒強で走る朝徒が逃げてから追いかけ始める朝華。二人の距離はみるみる縮まり朝華のアイアンクローが朝徒の後頭部をわしづかむ。

「ぎゃーつかまったー！」

「アタシから逃げられると思ったかぁっ」

朝華はいっしっしっ、といじわるく笑って背中に跳び乗ると、中学校の方角を指差した。

「罰として学校まで運びなさい。朝徒号はっしーん♪」

「はいはい」

文句を言いつつ歩く朝徒。心臓は動悸《どうき》が止まらない。何せ両手は朝華の気持ち良いふとももをわしづかんでいるし、まろやかな低反発巨乳がうなじに押しあてられているのだ。首から後頭部にかけて抱きつかれているせいで、朝華の甘い匂《にお》いが鼻腔《びこう》を刺激する。

そんな、朝華本人には言えないようなドキドキタイム中に朝徒は気付いた。

「お前……ブラ忘れてないか？」

「え？……………………あっ！！！」

第一話　地球最後の男

アスカから俺の子孫であり地球最後の男、桐生《きりゅう》マサトの手記データを貰《もら》った日の夜。

マイカが寝静まってから、俺はベッドの上でLLG《ラディウス・ノヴァ》の画面でデータを開いた。

俺が眠ってから数百年後、世界に蔓延《まんえん》した男が生まれなくなるウィルスで男は絶滅した。

つまり最後に生まれ最後に死んだ地球最後の男がいたという事だ。

俺の前に存在し、そして天寿を全《まっと》うした地球唯一の男マサト。

アスカの話では、マサトは第七次世界大戦で戦争を終わらせたと言われる程の活躍をした人らしい。俺と同じように地球唯一の男として、敵が全員女の戦争でどのように生き、戦ったのか……俺は緊張しながらそのフォルダを開いた。

《一次大戦　桐生アサヒ　他人を頼るな自分の家族は自分で守れ》
《二次大戦　桐生シンラ　泣いてる奴見たらよ。笑わしてやりたくなるよな》
《三次大戦　桐生アサト　俺は死にそうな人を見捨てられる程大人じゃない》
《四次大戦　桐生リュウト　誰《だれ》かのピンチに駆けつけるのが男でヒーローなんだぜ》
《五次大戦　桐生アサラ　良いか悪いかじゃない。守れるものは守る。それだけだ》

《六次大戦　桐生セツラ　女の子が泣いているんだぞ、そりゃ命かけるだろ》
《七次大戦　桐生マサト　男とは、弱き全《すべ》てを守る為《ため》に生まれ生きる守護者である》
《八次大戦　桐生アイカ　敵が攻めてきたらGO一択》
《九次大戦　桐生アイラ　自分のやりたいと思った事をやる。だからあたしは戦った》

ファイルは全部で九つあった。桐生アサヒは俺のひい婆ちゃんで、シンラ爺《じい》ちゃんの母さんだ。自分の事がどう残っているのかも気になるし、他《ほか》のファイルも気になるが、とりあえず俺はマサトのファイルをクリックした。

『桐生マサト　西暦二五〇〇年　一二月　三一日　一一一歳』

「男が絶滅したのが二五〇〇年………死んだ年のか？」

内容は、マサトの自伝のようなものだった。

『私が生まれた時、世界には男が一〇〇人もいなかった』

最初に書いてあったのは、彼が生まれた時の世界情勢と彼の周囲の環境だった。

『私の周囲に男はなく、故に男について教えてくれる人はなく、私は男でありながら、男とはなんなのか、自分は何者なのかと問いながら幼少期を過ごした』

俺は男のいる世界で育ってから女だけの世界に目覚めた『後天的な地球唯一の男』で、マサトは最初から男のいない世界に生まれ育った『先天的な地球唯一の男』だ。

きっと彼には、俺とは違う苦しみがあったに違いない。

『私は、男なんかに生まれたくは無かった』

その一文が俺の心臓を締めつけた。

『ものごころついた時から好奇の目で見られ、古い記録にある男から、皆は私に理想の男像を押しつけた。軍事学校にも、半ば強制的に入れられたようなものだ』

やはりマサトが歩んだ人生、それは決して生易しいものではなかったようだ。

彼が受けて来た偏見や色眼鏡に満ちた幼少期の過酷さは俺の想像を絶するだろう。

心が成長した一七歳の俺とは違い、彼はものごころつく前から珍獣扱いを受けてきたのだ。共感を通り越して同情してしまう。

『だが、今では男に生まれて良かったと思っている』

俺は瞳《ひとみ》を硬直させて、読み進めた。

『人々は私に英雄的男性像を求め軍事学校に入れた。でも私にも夢が、やりたい事があった。子供の頃《ころ》から色々なものに憧《あこが》れた。教育者、作家、俳優、歌手、実業家、医者、なれるかどうかは別として、夢を見る事は人の自由だ。けれど私は違う、男に生まれたという事実が私に闘争者以外の道を許さなかった。兵士となり戦場で人殺しとなる事を強要した』

さらにページをスクロールさせると。

『私は強要されて兵士になった。強要されて殺しの技術を磨いた。強要されて戦場で戦った。だが、だからこそ私はみんなを守れたのだ』

俺は自然と唾《つば》を飲み込む。

『私は戦場で多くの人を救った。多くの人を救う為《ため》に戦った。男の強い体だったから誰《だれ》よりも強くなれたし、男だから皆を救える程の力を得た』

そこから先は彼が歩んだ戦場の軌跡だった。軍事学校でマサトには愛すべき仲間ができ、彼女達を守る為に己を鍛え、そして彼は日本最強の兵士となった。

仲間を守る為に終戦まで戦い、日本を守り抜き、彼は生き抜いた。そして……

◆

二五〇〇年一二月三一日。大晦日《おおみそか》の夜にマサトは自室で思考を記録する技術を用い、自身の思考を記録媒体の中に保存し続けた。外には親戚《しんせき》が集まり、楽しく笑い合っている。

『私は戦場で真の男の力を知った。ソレは恵まれた体格でも逞《たくま》しい筋骨でもない。それは誰《た》がために命を賭《か》ける守護本能だ。私は戦場で敵が強いか、自分の戦力は十分か、そんな事は考えなかった。ただ仲間を守りたくて、戦いたくて戦った。恐れず、屈さず、敵に立ち向かえた。これが男気、男らしさと感じた。だから私は男に生まれた事を親に感謝する』

「母さん……ありがとう……」

世界最強にして地球唯一の男は、僅《わず》かな寿命に支えられ、しわが刻まれた顔で優しくほほ笑んだ。部屋のドアが開いたのは、その時だ。

「お爺《じい》ちゃん、準備できたからこっち来て」

柔和な笑みを浮かべ車イスを押してきた若い女性、マサトの三〇人以上いるひ孫の一人で、特にマサトを慕っている一人だ。名前をナナカという。

マサトはナナカの押す車イスに身を預け、一階の部屋まで行くと戸を開けて縁側に出た。パーティーの準備がされた庭にはマサトの娘、孫娘、ひ孫娘、玄孫娘《やしゃご》、来孫娘、他《ほか》にも姪《めい》や姪孫《てつそん》、従姪《いとこめい》や従姪孫《じゅうてつそん》など総勢一〇〇人以上の子孫が勢ぞろいしていた。

『せぇの、マサトおじいちゃん、ひゃくじゅういっさいの、おたんじょうび、おめでとう！』

数えきれない娘達に囲まれてマサトは笑った。

『おじいちゃん』と誰《だれ》もがマサトを慕い、マサトに触れ、マサトを愛した。それからテレビで大晦日《おおみそか》恒例のカウントダウンが始まると、皆はそれぞれの卓で投影画面を眺め、二十六世紀の到来を一緒にカウントダウンする。マサトの側《そば》にはナナカが寄り添った。

「俺が死んだら、男は絶滅だな」

「死なないよ、お爺ちゃんは……ねぇ、お爺ちゃんは……今まで、幸せだった？」

その問いに、マサトは頷《うなず》く。

「あぁ、幸せだったよ……」

——本当に幸せな人生だった。愛する者達の為《ため》に勝たせてくれた男の体、戦わせてくれた漢《おとこ》の心、生かしてくれた雄の魂、歩み続けた男漢雄の道。思い残す事はない。だから、

『ゼロ！　西暦二五〇一年！　二十六世紀へようこそみなさーん♪』

テレビの声と同時に地球最後の男は目を閉じ、その壮烈な人生で最高のソルジャースマイルを浮かべた。子孫達が幸せそうに笑う声を聞きながら、車イスの生命ライトが消える。

「お爺ちゃん？」

マサトの満ち足りた寝顔を見てから、ナナカはテレビの投影画面を見て震えた。

《訃報《ふほう》——地球最後の男、桐生《きりゅう》マサト、死亡》

車イスに取り付けられた、マサト好みの受話器式通信機が鳴った。

彼女が受話器を取ると、総理大臣の重たい声と、号泣する防衛大臣の声が聞こえた。

「はい、はい…………いいえ」

彼女はマサトを見下ろして、にっこりほほ笑みながら大粒の涙をこぼした。

「幸せそうに…………眠っていますよ…………」

——大丈夫だよみんな。女の子のピンチには、きっと男はまた現れる、そう、きっと。

桐生マサト、世界の為に血を流し、国家の為に戦い、仲間の為に命を賭《か》け、愛した女の為に生きた地球最後の軍神は、こうして死んだ。

◆

マサトの考えは、俺の爺ちゃんの真羅《しんら》とまったく同じだった。守りたいから守る。戦いたいから戦う。だから敵や自分の強さなんて頭に無かった。誰かを守りたいと思えばいくらでも戦える。そして男の強い肉体だったからこそ、死なずに戦えたし生き残り皆と生きられた。数百年経《た》っても考える事は同じ。桐生《きりゅう》家の男は皆そうなのかもしれない。

大事な人と一緒にいたい、だから大事な人を守りたい、だから大事な人を守る為《ため》に戦う、戦いたいから戦う。その気持ちで爺《じい》ちゃんは第二次世界大戦を、子孫のマサトは第七次世界大戦を戦い抜いたのだ。隣で眠るマイカの寝顔を眺めて、俺は思う。

「なら、俺にもできるよな」

この時代唯一の家族であるマイカの濡羽色の髪をなでる。

僅《わず》かに青みがかった艶《つや》やかな髪は最高の手触りで、俺はマイカのこの髪が大好きだった。

敵五国軍事連合にはまだ見ぬ強敵がいるだろう。さらに数を増して万軍総出で俺を殺しにかかるかもしれない。でも大丈夫だ。マイカがいる限り俺はきっと戦える。そう信じてまた画面を見ると、別のファイルがあった。開くとそこにはマサトの苦しみが載っていた。

「ま、まさかマサトも、ぐ、そうだったのか」

彼の地獄の苦しみに共感し、俺は歯を食いしばる。そう、彼は……

『しかし何故《なぜ》女はあんなにSなのか。すぐ胸押し当てたり私の前で着替えたり裸になったりお風呂《ふろ》に誘ってきたり。子供の頃《ころ》から私が赤面したり前かがみになったり体育座りになるのを楽しんで酷過《ひど》ぎる。男はそういう事されると紳士的じゃいられなくなるんだぞ』

「まったくだ！　マイカ達もいつも俺をお風呂に強制連行しやがって！　俺がいつもどれ

だけ我慢しているると思っているんだ！　解《わか》るぞマサト。お前と今すぐ語らいたい気分だ！」

「うぅん、アサトぉ……背中洗ってあげるねぇ……」

隣で幸せそうに眠るマイカを見下ろし、俺の額に青筋が浮かぶ。

「このやろう。夢の中でまで俺を辱めるかこの痴女め。お前なんかほっぺぐにぐにの刑だ」

俺はマイカのほっぺを両手でつまみ、むにむにぐにぐにと揉《も》んで引っ張ってその柔らかさを堪能《たんのう》する。赤ん坊のような柔軟性だ。にしてもこいつ本当可愛《かわい》いよな。おかげでいつもドキドキさせられる。こいつと同居しているのに何もしない俺は偉い。

マイカは可愛いだけじゃなくて、男の俺を差別せず家族として接してくれて、この時代の事を教えてくれて、何よりも俺が出撃しようとすると『行かないで』って泣いてくれて、先週は俺を助ける為に敵暗殺者に自ら戦いを挑んでくれた。教官から、マイカが撤退指示を無視して敵に立ち向かった事を聞いた時、俺は言いようがない程……

「アサトぉ」

突然マイカが俺に抱きつきベッドに引き倒す。マイカのノーブラバストが薄いパジャマ越しに押し当てられて、俺の体温が一気に上昇する。

「ぬぉおおおお、理性がぁああああああ！」

逃れようと手をバタつかせると『カチ』っと音がした。LLG《ラディウス・ノヴァ》の画面を叩《たた》いたらしい。

見上げると『前回最後に見たページ』として、ワクチン研究禁止法施行の経緯が書いてあった。男が生まれなくなるウィルスで男が絶滅してから五〇〇年。未《いま》だにワクチンができない理由は、研究自体を禁止されているからだ。この時代に目覚めて最初に見た所長の資料で一度目にしているその内容は……

男が絶滅してから行われた、人類初の女だけの世界大戦、第八次世界大戦では大量の人造男兵が投入された。まだウィルスのワクチン研究がされていた当時。世界は初めて女だけで行う戦争を始めてから、すぐに研究中の男に目を付けた。

男の体格、体力、闘争心を利用しようと、軍事利用の為《ため》に男の研究を進めた。

その結果、ワクチンよりも先に生まれたのは戦闘用バイオロイド、オトコモドキだ。

知能は高く、精神年齢は低く、自我は薄い彼らは兵器の使い方を覚えた。指揮官を『ママ』と呼び命令には何でも従い、どんな危険な任務もこなした。各国は競うように大量のオトコモドキを戦場に投入。オトコモドキは予想以上の戦果を挙げて、そして挙げ過ぎた。

遊びで虫の手足を千切る子供の残虐性をそのまま持った彼らは遊ぶように女達を殺し、死体をなおも傷つけ、意味も無く建物にミサイルを撃ち込んだ。

まるでアクションゲームで遊ぶ子供のように、イタズラに人を殺し、街を壊し、その様は世界中の兵士達のみならず、街に住む国民達すらトラウマになる有様だった。生殖能力を持たず、薬を打たねば一年と生きられない彼らは戦後全《すべ》て死んだ。

それでも人類にはオトコモドキ達による深すぎる心の傷が残った。

無論、知識人や冷静な人達は彼らが戦闘用バイオロイドであって、男そのものではないことは知っている。それでも女を生む理由を軍事利用するためではないかと疑い合った。結果、各国はワクチンを使い男を圧倒した戦闘能力は本物だ。

　オトコモドキのトラウマで世界全体がナーバスになっていた当時、ワクチン研究が禁止されるのに時間はかからなかった。当時の人達の気持ちを考えれば無理も無いが……

「そういえば……これぐらい戦史の授業でマイカも知っているはずだよな?」

　マイカは最初から俺を家族として慕ってくれて、命がけで敵装甲戦姫(ブリュンヒルデ)と戦ってくれた。

　俺にとって、マイカはとっくに特別な存在だ。絶対に離したくない。でも、こんな歴史的背景があったら、俺のことをもっと恐れてもいいのではないだろうか?

◆

　転校生を紹介する、と言っても既に知っているだろうが」

　次の日、朝のホームルームで佐久間(さくま)教官は教室のドアを指した。

「リジア・レインドあらため、レジアン・バランドだ。入れ!」

　教室のドアがスッと開き、黒曜石から削りだしたように黒い肌と輝く銀髪の少女、敵国アフリカ連邦からの亡命者であり、俺の命を狙った元暗殺者レジアンが入室してきた。

『寡黙なる獣王』の二つ名を持ち、専用機キング・レオのパイロットだ。俺と同じ年だがアフリカ連邦では『寡黙なる獣王』の二つ名を持ち、専用機キング・レオのパイロットだ。国連からは一億五千万の懸賞金をかけられていた。いつも無口無表情な彼女は皆の前に立つと、感情を感じさせない無表情ではあったが、無口ではなかった。

「アフリカ連邦から亡命してきたレジアン・バランド……です。私は敵国の人間で、でもアフリカ連邦の情報は全《すべ》て開示したし逆らう意志はない。だから……妹達と会ってもいじめないでください」

たどたどしく話し、そしてどこで覚えたのか、レジアンはその場で土下座を披露した。

俺は思わず唇を噛《か》んでしまう。これがレジアンだ。孤児として生き、妹達を守る為《ため》に軍属になり、少女兵として人を殺し続けた少女。レジアンの頭の中には妹達を守ることしかないし、守る為に服従する事を覚えてしまっている。

戦時中、敵国の兵士に対する風当たりは想像するに易《やす》いが、それでもこれは酷《ひど》い。俺はレジアンを起こすべく席を立とうとして、

『かわいぃいいいいいいいいいいいいいいいい♪♪♪』

クラス中の女子が立ち上がって、レジアンに殺到した。

「えー、なになにリジア、じゃなくてレジアンちゃんと喋《しゃべ》れるんじゃん♪」

「最初転校してきた時、何も言わずに席に座っちゃったけど声可愛《かわい》い♪」

「ねぇねぇレジアンの妹も可愛い？　ねぇ可愛い？」

戸惑い、どうしていいか困ってしまうレジアン。あいつの困り顔可愛いなぁ、とか思いながら、俺は両隣に座るマイカとエリコに聞いた。

「えーっと、これはなにがどういう事なんだ？」

「まぁレジアン可愛いし」

「レジアン君なら最初に転校してきた時も可愛いと噂《うわさ》にはなっていたみたいだよ。ただ何も喋らずいきなり席に座ったせいでみんな扱いに困ったらしいけどね」

「可愛ければ元敵国兵士もＯＫとは、恐るべし……千年後の世界……」

俺は頰《ほお》をひきつらせてレジアンを眺める。こんな扱いは初めてなのだろう。みんなに頭をなでられて『可愛い』と連呼されて、俺に捨てられた子犬のような目を向ける。

——やばい、俺もレジアンをなでまわしたくなってきた。

代替手段として、俺は左右のマイカとエリコの頭をなでる。

「ちょっ、アサトあんた急に！」

「どど、どうしたんだいアサト？」

はにかむ顔を抑えようとして中途半端に赤面するマイカ。赤面しながらそわそわと落ち着きを失うエリコ。

珍しくマイカが暴力を振るわないので、俺は調子に乗ってなでつづけた。二人の頭は綺《き》麗《れい》な丸みを帯びていて、身長のわりに小さめで、髪もツヤツヤで実に心地よい。

ちなみに、佐久間《さくま》教官からの発表だとレジアンは俺の隊に配属されるらしい。

◆

放課後。俺は作戦室のイスに座り、佐久間《さくま》教官、そして小宮《こみや》所長と一緒にいた。

「貴様の外出許可が下りた。再来週の土曜日からは街に出ていいぞ」

「パニックになりませんか？」

「さすがにもう大丈夫じゃない？　解凍されてから色んなメディアがアサト君の事を報道しているし。きっとみんな慣れたわよ。その日は訓練もお休みよ」

「いいのですか教官？」

「その日は総理大臣達に貴様の戦果を報告しに行くからな、私も学園を留守にする」

「私の事を総理大臣に？」

防衛大臣なら解《わか》るが、何故《なぜ》総理大臣にまで伝えるのか、俺には解らなかった。

「今の総理大臣は戦争関係の公約で当選したからな。それに今は戦時中だ。防衛大臣以外も色々軍事に首を突っ込んで来る」

「戦争関係の公約ですか？」

「前にも言っただろう。今の日本は憲法のせいで徴兵ができないと。無論戦争が始まると憲法改正案が出た。だが同時に当時の総理大臣立候補者である館林《たてばやし》レイコは言ったのだ『戦争による人材、物資、資金の徴収は一切しない』とな。戦争で生活を圧迫される事を危惧《きぐ》していた民衆は彼女を支持し、総理大臣に当選させた」

この時代の総理大臣って国民の投票で決まるのか？　と少しひっかかる。しかし千年も政治体制が変わらない方がおかしい、と自分の中で流した。教官の眉間《みけん》に縦皺《たてじわ》が刻まれる。

「だがその公約を押し通し割を喰《く》うのは前線の兵だ。自分の地位を守る為《ため》には公約を守り続けなければならん。徴兵できないから軍は人手不足。物資と資金を徴収しなくても国費を軍備にばかり使えば結局国民の生活は圧迫される。だから他国程には軍費をかけられず、兵数を大量の自律兵器で補う事も出来ない。故に前線では常に数の力に押され連戦連敗。それでも戦線を守ろうと未熟な人員まで動員しさらに被害は拡大。負の連鎖は止まらん」

「それにアサト君も、情報統制のことは知っているでしょ？」

所長の言う通り、今の日本は国民はおろか、軍事学校の生徒にまで嘘《うそ》を言っている。

「国民の生活を圧迫しなくても海の向こうで日本軍が連戦連敗なんて知れたら、それこそ総理大臣は信用を失うわ。今の総理は、国民を不安にさせないようにって名目で情報を改ざんして自分のイスを守っているの……」

作戦室を沈黙が包む。すると、所長が思い出したように笑みを作った。

「あ、そういえばスサノオの新装備がもうすぐ完成するから。楽しみにしていてね」

『はい』と、俺が返事をすると、俺達は揃《そろ》って作戦室を出た。すると、

「あれぇ？　サオリじゃん、ここにいたんだぁ」

嫌味を含んだ高飛車な声。振り向くと、背の高い、スラリとした女性軍人がこちらに歩いてくる。顔には人を見下した、感じの悪い笑みが張りついている。

「工藤《くどう》ミズナ……お前が何故《なぜ》ここにいる？」

顔に出る嫌悪感を隠そうともせず、教官は工藤さんを睨《にら》みつける。

「自分がこんな学校で子供のお守りさせられているからって睨まないでよぉ。それにアタシ去年防衛大学の幹部コース卒業して今少尉だし、階級はサオリのほうが上なんだからもっと広い心持ちなよサオリ大尉」

人を馬鹿《ばか》にした態度。初対面だがこの女の底が一瞬で見えた。

「まぁなんでって言われても、ただ休みもらったから懐かしの母校に来ただけだって。そしたら懐かしのサオリに会えたってだーけ。ほらアタシってばサオリと違って首都防衛部隊のＣＴＧ所属じゃない？　日頃《ひごろ》の行いがいいと、こういう平日でも休みが貰《もら》えるのよ」

工藤が教官の耳元で呟《つぶや》く。

「ねぇどんな気持ち？　日本の英雄なんて言われていたのに前線はずされて子守りと猿の世話をする気持ちってどんな気持ち？　ねぇ悔しい？」

『猿』と言った時、工藤の視線が俺に向けられる。教官が無言のままに怒気を強める。

「言いたい事はそれだけか？」

「おー怖い怖い。じゃーアタシはサオリと違って忙しいから」

今日は休みと言ったのはどの口だ。軽い足取りで遠くなっていく工藤の姿。曲がり角でその背が見えなくなる。

「教官、ＣＴＧとはなんですか？」

眉間《みけん》の縦皺《たてじわ》を取り、教官は両腕を組む。

「セントラル東京ガーディアンの略で首都東京都を守る超エリート部隊だ。ミズナは私とカナデの同期で元クラスメイトだ。防衛学園《ぼうえいがくえん》を卒業して私は前線に、カナデはここの研究所に、そしてミズナはＣＴＧ入隊が決まった。とは言ってもＣＴＧへ配属されるには四年間防衛大学へ通うのが条件だから、あいつは大学へ行った」

「ということは、強いのですか？」

「学校の成績は良かったな。どの教科もほぼトップクラス。ＣＴＧへの配属命令が出ても誰《だれ》も文句は言えん。もっとも」

教官の唇から、氷のような言葉が漏れる。

「ＣＴＧ配属組は全員金持ちや役人の娘で、それ以外は全員私と一緒に前線へ配属された。今生きているのは三割もいやしない」

◆

「……あのう、マイカにエリコさん？」

その日の夜。俺は自室のベッドに座りながら左半身はマイカに抱きつかれ、右腕はエリコが抱き寄せている。トンデモなく下世話な、だが正直な感想を言わせてもらうと、凄《すご》く気持ちいい。左わき腹にはマイカの豊満な巨乳が押し潰《つぶ》れる程に密着し、右腕はエリコのはちきれんばかりの爆乳に挟み込まれている。

部屋に戻るなりマイカとエリコが待っていて、そしてベッドに座ると挟み撃ちにされた。

二人のブラや制服ごときでは隠しきれない胸の柔らかさと確かな弾力に俺はもう頭がくらくらしてきた。おまけに胸を押しつけ過ぎて制服の胸元が浮いて、マイカは水色の、エリコはピンク色のブラがチラリと顔を出している。二人がこんな事をする理由は……

「アサトは家族であるあたしと一緒に出かけるの！　エリコは引っ込んでてよ！」

「黙れ、せっかくアサトの外出許可が出たんだ。ここは委員長である私が街を案内してあげるのが筋というものだ！」

どうやら教官からのメールで俺の外出許可の話を知ったらしい。

それぞれの主張は理解できるが、でもそろそろ気付いてほしい。胸を押し当てられた俺がいつも困った顔になっているのを解《わか》ってほしい。

二人の俺を想《おも》う純粋な気持ちに対して欲情しかできない俺も俺だが、こいつらもこいつらだと思う。このおっぱいサンドイッチに耐えきれなくなり、俺は果敢に斬《き》り込む。

「なら三人で出かければいいじゃないか」

「アサトは黙ってて！」

「アサトは黙っててくれ！」

俺の斬撃《ざんげき》は簡単に弾《はじ》かれた。なので攻め方を変える。

「じゃ、じゃあとりあえずこの話題は保留という事にしないか？　再来週の話だし」

「むぅ、まあいいわ、どうせ勝つのはあたしなんだし」

「ふん、いいだろう、ではアサト、今日は私もここに泊まっていいだろう？」

「だ、だめよそんなの！」

顔を真っ赤にしてマイカが否定。だがエリコは喰《く》い下がる。

「別にいいじゃないか、だいいち君はずっとアサトと同じ部屋で暮らして、ズルイじゃないか！　一晩くらい分けてくれても」

「あたしはアサトの家族なの！　一緒に寝る権利があるの!!」

ベッドの上に立ちヒザになり睨《にら》み合う二人。

互いの視線が交わり、バチッと火花が散ったように見える。

「アサトはあたしだけと寝るの！」

「まぁまぁマイカ、そんなに怒らむぐぅっ」

マイカが一歩進み、柔らかな胸が俺の鼻と口を塞《ふさ》いだ。俺はすぐ後ろへ逃げようとして、

「だから君はいつも一緒に寝ているだろう！　本当なら私も一緒にどころかアサトだけ私の部屋に泊まらせたいぐらいなんだよ！」

後ろを向いても息ができない。型でも取るように俺の顔の形に合わせて形を変え、鼻も口も、顔のすみずみまで満たしていく四つの豊乳。それだけ柔らかいのに、顔を抜こうと

しても空前絶後の弾力でしっかりと俺の頭をホールドして放してくれない。

俺の頭上で言い合う二人。意識が遠くなってきた。

おっぱいで埋まる視界の端に映る二人の綺麗《きれい》なブラと谷間の肌色が眩《まぶ》しい。

酸素を求める事を諦《あきら》めた。体の感覚がなくなっていく。

今の俺はおっぱいサンドイッチに包まれた首から上の感覚しかなかった。こんなにも立派な乳肉に埋もれて死ねるなら本望だと、俺は生を諦め、重力に身を任せた。

「ん?……ちょっ、アサトあんた」

「大丈夫かアサト!?」

やっとおっぱいの海に溺《おぼ》れる俺に気付いたらしい。早く助け——

「どこに顔うずめてんのよ!!」

ベッドに張り倒された。なんという理不尽。

「アサト、いくら私の胸が魅力的だからといってそんな、言ってくれれば私はいくらでも」

「はぁ!? あんた何言ってんのよ! アサトはあたしのおっぱいにメロメロなんだからね!! いつもお風呂《ふろ》上がりのあたしのおっぱいガン見なんだから!!」

バレてたのか、と俺は顔から火が出る程恥ずかしくなってくる。

というかクラスメイトの女子であるエリコにバラさないでほしい。

「それは私がいないから仕方なく君で妥協していただけだろう。私がいれば私の胸を見るから君の胸なんか見向きもされないさ」

ご立派すぎる爆乳を自慢げに揺らすエリコ。あれは震度いくつなんだ、と俺は問いたい。

「そんな事ないもん！　アサト、あたしぐらいの胸がちょうどいいでしょ？」

「いやアサト、やはり胸はボリュームのあるほうがいいだろう？」

両手で自分の胸を寄せて持ちあげて、二人が俺に迫ってくる。

女の魅力対決で俺を使わないでほしい。

でも、いくら女の戦いとはいえ、こういう時に嫌いな人を判定員には使わないだろう。

「なぁ……どうして二人は俺に構ってくれるんだ？」

二人がきょとん顔で俺から胸を離す。

「どうしてって、だってあたし達は」

「今更何を言うんだいアサト？」

「お前らもさ……知っているんだろ？　八次大戦で男が何をしたか……」

マサトのファイルに書かれていた事は極秘情報ではない。戦史を学ぶ軍事学校生である二人も知っているはず。だから慕ってもらうと嬉《うれ》しい反面、違和感を覚えてしま――

「ん……」

マイカの口が、俺の口を塞《ふさ》いだ。熱っぽい舌が俺の口内を優しく探り、マイカが俺の舌を吸ってくる。俺の顔が耳まで焼き尽くされる。心臓が早鐘のように鳴って、嬉しくて、幸せな気持ちで胸が満たされて、ずっとこうしていたいと思ってしまう。

同時に、前回アスカに勝った時に見せたマイカの笑顔がフラッシュバックした。

「なな、マイカ何をして――」

慌てて顔を離すと、今度はエリコが俺の顔を引き寄せてキスをしてくる。熱く濡《ぬ》れた舌が積極的に俺の舌を求め、エリコは俺と自分の舌を絡《から》めてくる。顔どころか全身が羞恥《しゅうち》で熱くなって、俺は無様に欲情しながら額と背中に大粒の汗をいくつもかいた。

「ふふ、ようやく、君とキスができたな」

妖艶《ようえん》な瞳《ひとみ》で俺の瞳を覗《のぞ》きこんでくるエリコ。

俺は生唾《なまつば》を飲み込んで、何も言えなくなってしまってから、今飲んだのにはマイカとエリコの唾液《だえき》が混ざっている事に気付き、多幸感でさらに体が熱くなってくる。

「もう、今日だけだからねエリコ」

文句を言うと、マイカはすぐ笑顔になって、エリコと二人で俺をベッドに押し倒す。

「アサト、そんな事気にしていたんだ」

マイカが左側から抱きついてくる。

「私達は誰《だれ》もそんな事は気にしていないよ」

エリコが俺の右半身を独占する。

二人の美少女に左右からサンドイッチにされて、俺の心臓が爆発しそうなほど高鳴る。

「戦史は習っているけどさ。じゃあアサトの時代ってみんなアメリカ嫌いだった？」

「え？　それは……」

むしろアメリカには好感を持っていた気がする。俺の時代のアメリカといえば『世界のアメリカ』と言われ、ありとあらゆる面において世界の最先端をいく超大国だ。アメリカの要請で第三次世界大戦に参加することになり、その事で恨む人はいたが、戦前で特別アメリカを敵視する人はごく少数だっただろう。

「二次大戦でさんざん殺し合い、原子力爆弾を落としてきた相手なのにかい？」

「でも俺、その時生まれていないし。昔そういう事があったって聞いただけで……」

俺が言葉に困ると、マイカとエリコは、クスリと可愛《かわい》く笑ってくれた。

「そういうこと。あたし達もそんな何百年も前の事、当時生きてた人すらいないんだから」

「私達の知る男は、私達を守るために命がけで戦ってくれた強くて優しいヒーローだよ」

「だからね」

「アサト」

「「だいすき」」

左右から頬《ほお》にキスをされ、俺の全細胞が悲鳴をあげた。これはどういう意味だろう。

素直に考えると二人は俺の事が好きで俺は両手に花のハーレム状態だ。

マズイ。二人とも凄《すご》い美少女なわけで、こんな事をされると流されてしまう。本気で惚《ほ》れてしまう。特にマイカは俺が命を狙《ねら》われた時あんなに真剣に心配してくれて、俺の為《ため》に泣いて、戦って、初めて会った時からマイカはずっと俺の為に……マイカへの思いが溢《あふ》れて、俺は意識を逸《そ》らす。その時、俺の脳裏に閃《ひらめ》くものがあった。あれは以前教室で……

『チエー、一生のお願い！　宿題見せて！』

『もうしょうがないなぁ、ほら、宿題のデータ』

『ありがとうチエ、愛してるぅ、ちゅー』

『ちょっ、みんな見てるからこんなところで』

そうか、男の絶滅したこの時代、キスはたんなるスキンシップ、親愛の証《あかし》に違いない。

あやうく『こいつ俺の事好きなんじゃね？』という最低勘違い野郎になるところだった。

キスの真意に気付いた俺は胸をなでおろす。それでも二人の胸の感触と女の子特有のいい香りに包まれて心臓のドキドキが止まらなかった。けど、もしも俺の勘違いじゃなくて、本当に二人が俺の事を好きだったら俺は……。二人のキスを思い出して、俺は気付いた。

◆

「本当にいいの？　後悔はしない？」

朝徒《あさと》の母、桐生明純《きりゅうあすみ》に尋ねられ、朝華《あさか》は頷《うなず》く。

「うん、だって……朝徒のいない時代に未練なんてないから……」

◆

「ねぇアサト、昨日寝言で言っていたけど、アサカって誰《だれ》よ？」

次の日の朝、マイカとエリコに挟まれながら、眠りから覚めた俺は、風呂場《ふろば》の脱衣所で着替えてからリビングに戻ると、マイカにそう問い詰められる。エリコも興味津々だ。

「俺そんな事言っていたのか？　従兄妹《いとこ》だよ従兄妹」

『いとこ？』と首を傾《かし》げながらエリコが聞き返す。

「ああ、互いの母さんが双子の姉妹で同じ病院で生まれて同じ日に退院して家が隣同士でいつも母さんがどっちかの家に行っていたから、同じベビーベッドで育って幼稚園小学校中学校一二年間同じクラスで放課後は一日中どっちかの部屋に入り浸ってたな。互いの部屋の窓が向かい合ってて三〇センチしか離れていなかったから行き来は楽だったよ」

俺とアサカは互いが自分の半身で、昔の俺は漠然と『俺って将来こいつと結婚するんだろうなぁ』とか考えていた。でも俺の予想ははずれて、俺は今ここにいる。それに昨日、エリコとのキスと違い、マイカとのキスは快楽以上に嬉《うれ》しさを感じた。だからまた漠然とだが、俺はたぶん――マイカへ視線を投げると、彼女の目に薄い怒気が映っていた。

「アサトの時代も従兄妹同士って結婚できたの？」

「ん？　できたぞ」

エリコの目に、かすかな炎が灯《とも》る。

「もしかして、君はその子の裸を見たりしたのかい？」

「な、なんだよ急に、まぁ中一の四月までは一緒に風呂《ふろ》入っていたし、その後もなんだかんだで互いに色々黒歴史刻んじゃったけど……」

俺が思い出したくない過去に赤面すると、何故《なぜ》かマイカとエリコから無言の圧力がかかってくる。別に睨《にら》んでるわけではないのに、いつも通りの表情なのに二人の背後に炎がわきたつような、そんな迫力を感じる。俺のＬＬＧに教官から電話が来たのは、そんな時だ。

「こちら桐生《きりゅう》アサト軍曹です。え、俺に面会希望者？　解《わか》りました。すぐに行きます。じゃあマイカ、俺ちょっと行って来るから」

俺はそそくさと窓に近づき、そしてダイブする。

「ちょっと待ちなさいよアサト！」

「待ちたまえアサト！」

五階の窓から飛び出し地面に華麗に着地、そのまま走ってＬＬＧ越しに教官と話す。

「場所は第三応接室ですね」

『うむ、それで相手なのだが、アメリカから来た人物だ』

校舎の応接室に向かいながら、俺と教官の会話は続く。

「アメリカから？」

『いいかアサト、驚かずに聞け。貴様の冷凍カプセルがアメリカに移送中、船が沈没したのは前に言ったな？　実はその時、貴様とは別に、もう一つカプセルがあったらしい』

不思議な予感に、俺の足は速《はや》まる。

『船底に穴が空き、そちらのカプセルは別の場所に流されてしまったが、先週アメリカの潜水探査船が発見してな、解凍すると貴様の名を叫び続けて大暴れしたらしい』

心臓が高鳴る。呼吸が荒くなる。既に俺は全力疾走をして、応接室の前に立っていた。

『それでその者の名なのだが』

第三応接室の扉を開けると、そいつはいた。

「アサトー！」

アメフトばりのタックルで抱きついてきた。俺は腹筋を全力で固め、重心を操りながら全身の筋力を以《もっ》て、トリケラトプス級の威力を持った殺人タックルを殺し切る。

「ア、アサカぁ!?　なんでお前ここに」

「アサトぉ、アサトぉ、アサトぉ！」

俺の胸板に顔をうずめ、抱きついたまま説明をしないアサカ。正直俺は頭がパニックを起こして何がなんだかわからない。

「おいアサカ。説明して欲しいんだけど」

「そんなのあんたを追って冷凍カプセルに入ったからに決まっているじゃない！」

上げられた顔は涙を流していて、ちょっと反則なくらい可愛《かわい》かった。

まだ年齢に相応《ふさわ》しい可愛らしさを残したキレイな顔、ぱっちりした目や、形の良い小さな唇、そして何より、口にはできないがこの抱き心地は桐生《きりゅう》アサカ、俺の幼馴染《おさななじみ》に相違ない。よく勘違いされるが俺とアサカは付き合っていない。が、まぁ色々とあってアサカの感触だけはこいつの親よりも詳しい自信がある。

「でも本当にびっくりしたわよ！　アタシ、あんたが起きたら起こしてって頼んで、医学は日進月歩だから数十年くらい寝るつもりだったのに千年て何よ千年て！　それに男が絶滅したとか第十次世界大戦とか軍事甲冑《かっちゅう》とかあんたが地球唯一の男で世界最強の兵士とかもうわけわかんないわよ！　でも！」

また俺の胸板に顔をうずめて、アサカは千年前と変わらない、魅力的な笑顔を見せる。

「アサトがいてよかったー」

その顔に嘘偽りは無く、本当に、心の底から幸せそうにアサカは笑っていた。

「感動の再会のところ悪いのだがアサト」

「確認するけど、その子がアサト君の従兄妹《いとこ》の桐生アサカさんで間違いない？」

応接室にいた教官と所長に聞かれ、俺は頷《うなず》く。

「はい、この戦車もひっくり返しそうなタックルは間違いなくアサカです」

俺は色々と考えてしまう。アサカは俺を追う様にして自ら冷凍された。それだけ聞くと嬉《うれ》しいが、でもそれは俺のせいでアサカはあの時代を捨てた事になるのだ。

俺がこの時代に来て味わったあの絶望を、アサカには味わわせたくない。

俺はアサカの事を一番に考え、アサカのフォローとケアについて考え始めた。

「それでねアサト、あの時の続きなんだけど」

「見つけたわよアサト！」

応接室のドアが開きマイカ、エリコ、俺の隊に配属されたレジアンが入室してくる。

「おいおい今はお客様の前だぞ」

俺はアサカから離れると、マイカ達に向き直る。

「何が客よ！　同じ年頃《としごろ》の子供じゃない！」

「しかも抱き合っていたじゃないか！」

「……不愉快」

マイカ、エリコに続き、無口無表情なレジアンまでもが瞳《ひとみ》の奥で怒りを燃やしている。

「いや、これはだな……」

マイカ達に腕やら服やらをつかまれながらブーブー文句を言われる俺。

まったく手のかかる娘達である。ここはアサト分隊の分隊長としてビシッと言おう。

「いいかお前ら、規律正しい日本軍人として応接室では」

「アホトォオオオオオオオオオオオオオオオオオオオオオオ！！！」

俺が人差し指を立てた瞬間、右わき腹を戦闘機に追突されたような衝撃が襲う。壁までぶっ飛び顔面を強打する俺。常人ならば装甲車に乗っていても一〇〇回は死ねる。

「ア、アサトが飛んだ!?」

「ん？　あんた前程吹っ飛ばないわね。この時代で相当強くなったみたいじゃない」

驚愕《きょうがく》するエリコとは逆に、アサカは不満そうだ。

「あんたあたしの家族に何するのよ！」

マイカの右ストレートがアサカの顔面にクリーンヒット、マイカの顔に雷が落ちる。

「痛ったぁあああああああああああああああああ！　なんなのよこいつ！」

「アタシを殴るとか何考えているのよこいつ。言っとくけどアタシ、アサトとお爺《じい》ちゃんとひいお婆ちゃん以外の攻撃でダメージ受けた事ないから」

「君は何者だい？　会話から察するにアサトと随分親密らしいが」

「さっき話した俺の従兄妹《いとこ》だよ」

エリコと、そしてマイカの顔が固まる。

「桐生《きりゆう》アサカ。俺を追って千年前から冷凍カプセルで眠り続けていたらしい」

「彼女も千年前の……待てアサト。今彼女は君の名前を出したが君は女性の彼女を殴った事があるのかい？」

君らしくないな、と怪訝《けげん》な目を向けるエリコ。俺は慌てながら壁際から戻る。

「馬鹿《ばか》！　こいつは女じゃない！　アサカという第三の性別でその凶暴性は」

「噴ッ！」

アサカの裏拳が俺の顔に炸裂《さくれつ》。俺はのけぞり悲鳴を上げた。

「おごぉ……んで、爺ちゃんの血を誰《だれ》よりも濃く受け継いでてシンラ爺ちゃんを産んだアサヒひい婆ちゃんに次ぐ史上最強の女だ」

　一切狩りをしない動物園のライオンでも人間より強いように、生物には経験によらず成長過程で獲得する最低限度の性能がある。俺の爺ちゃんが特に修行をしなくても最強だったように、アサカにとってはこの強さが基本形であり、アサカという生物本来の性能なのだ。勝手に強くなり人間を超越する『最強遺伝子』とも呼ぶべきモノを爺ちゃんからもらったアサカは、まさに女版シンラである。

「ちなみに俺は死ぬほど鍛えて今の強さだから、爺ちゃんはいつもアサカを才能あるって褒めていたな……」

「何落ち込んでいるのよ。努力だって才能の一部でしょ。アタシはあんな面倒臭いの一生やる気なんて起きないし、一応筋力はアサトのほうが上じゃない」

　釈然としない俺は低く唸《うな》る。アサカはちょっと頰《ほお》を赤らめる。

「それでさ、千年前の続きなんだけど、今夜」

「アサト！　あんたには聞きたい事がたーっぷりあるんだけど」

「今日は逃がさないよ」

「……逃がさない」

またマイカ、エリコ、レジアンに詰め寄られる俺。女子三人からの言いようの無い圧迫感に負けて、アサカに助けを求める。

「助けてくれアサカ、みんなが俺をイジメて」

　腰まで伸びたアサカの髪が、見えない力に揺れる。

「アサトの……」

　アサカの内部から湧きあがる常人なら焼き殺せそうな殺意。背後に地獄の業火を背負い頭上に雷雲群《スーパーセル》を起こしながら両目を吊《つ》り上げ額には青筋が何本も浮かぶ。

「あの、アサカさん？」

「馬鹿《ばか》馬鹿《ばか》馬鹿《ばか》馬鹿《ばか》馬鹿《ばか》馬鹿《ばか》馬鹿《ばか》馬鹿《ばか》馬鹿《ばか》馬鹿《ばか》馬鹿《ばか》馬鹿《ばか》ぁあああああああ!!」

「ぐぼあぁぁっ！」

「うわぁああああああああああああああああああああん！！！」

　馬鹿と言った数だけ俺の顔面を殴り倒し、涙を流しながら窓から飛び出すアサカ。

「ちょっ、待ってくれアサカ！」

　と叫びながら俺も窓から飛び下りる。

「お前らここ六階！」

　佐久間《さくま》教官の忠告を無視して、俺は軍隊で習った飛び下り技術、五点接地法で着地する。

　既にアサカは点のように小さくなっているが、俺は必死に追いかけた。

◆

二〇一二年一二月二二日の夜。

クリスマスイブの二日前。もうほとんどの人はイブの予定を決めてしまっているこの時期に、桐生朝華《きりゅうあさか》は目の前のカーテンとにらめっこをする。

朝華と朝徒《あさと》は家が隣同士で、互いの部屋の窓は向かい合っていて、三〇センチしか離れていない。だから、この窓は朝華と朝徒の部屋を繋《つな》ぐ出入り口でもある。

子供の頃《ころ》から、暗黙の了解で部屋の窓にはカギをかけない。互いの部屋の行き来がしにくくなるからだ。時刻は夜の一一時五八分。もうすぐイブ前日になってしまう。

イブの日、朝徒を誘いたいのに、もう手作りケーキの材料は用意できているのに、なのに肝心の朝徒との約束がまだなのだ。

朝徒が既に誰《だれ》かと約束をしていたらアウト。約束をしていなくても断られたらアウト。

というよりも、常識で考えれば分隊の人達と約束をしているだろう。

朝徒は国防学園《こくぼうがくえん》のエース。一七歳で、クラスメイト達と組んだ第一一分隊の分隊長で、特殊作戦分隊群の一員として戦場の第一線で活躍する程の人物だ。

一一分隊の仲間達とは少年漫画みたいな男の友情で結ばれているし、軍隊の大人たちだって活躍する朝徒を放ってはおかないだろう。

朝徒は戦場から一時帰還してきたが、いつまた戦場に戻されるか解《わか》らない。

告白できる猶予は、もうほとんどない。そう思うと、自然と涙が浮かんだ。

母の話では、自分は朝徒《あさと》と同じベビーベッドに寝かせると、朝徒とぴったりくっついて離れなかったらしい。ものごころつく前から好きで、でもいつも側《そば》にいるのが当然で、近過ぎて自分でもずっと気付かなくて、でももう誤魔化したくない。

でも断られたら、駄目だったら、双子以上に近くて互いの事を知りつくし合っている今の関係もきっと壊れてしまう。

そんな気持ちがないまぜになって、ぐちゃぐちゃになって、一一時五九分を指す時計の秒針が一二時を指そうとしているのに気付きカーテンの向こう側に飛びこんだ。

「あさとー！」

向こうも窓を開けていたらしく、朝華《あさか》はカーテンだけの抵抗ですんなり部屋に入れた。

「おう朝華か」

朝徒は、右手で構えていた九㎜拳銃《けんじゅう》を腰のホルスターに戻して朝華に向き直る。

「な、何してたの？」

「ん？　早撃ちの練習、ほら」

突き出された朝徒の右手に、突然九㎜拳銃が姿を現す。朝華の動体視力でなければ、それが腰から抜いたものだとはわからないだろう。〇・一秒とかかっていない。

「で、どうした？」

九㎜拳銃をホルスターに戻すと、朝徒はベッドに座って隣を指差す。

朝華は頬《ほお》を紅潮させたまま、朝徒の隣にちょこんと座る。朝華は女子の中では背が高く、モデルのような体型だが、いかんせん朝徒がデカ過ぎる。

小学校時代はそれほど変わらなかった背は、中学生頃《ごろ》からぐんぐん差が開いて今では頭一つ分も違う。その辺は悔しいがひとまず置いといて。

「あ、あの……ね」

顔が熱い、顔がどんどん赤くなるのが自分でも分かる。

「あのね朝徒………イ、イブの日なんだけど、アタ……アタシと」

溢《あふ》れようとする涙を必死に抑えながら朝徒を見上げた。

「アタシと一緒にいて！」

完全なミスだ。一緒にいて、だけで、何をするか伝えていない。自分は何をテンパっているのだと絶望が湧《わ》いた瞬間。

「いいぞ、っていうか俺そのつもりでみんなや上官の誘い全部断ったんだけど？」

「へ？」

言葉だけ聞くと、朝徒も朝華とイブを過ごしたくて予定を空けておいた、とも取れるが、それはありえない。

朝徒の朴念仁ぶりは知っているし、何よりも朝徒が不思議そうな顔をしている。

「え？　だってお前俺の出兵が決まった時に言っていただろ」

『ク、クリスマスイブまでには帰ってきなさいよアホト！　馬鹿《ばか》！』

「って。あれってクリスマスイブになにかしたかったんじゃないのか？」

必死になって抑えていた涙腺《るいせん》が緩む。だって、あの時の朝華《あさか》は、ただ早く帰って来い、ぐらいの意味で言っただけなのだ。

なのに、朝徒《あさと》はあんな日常会話の一片をずっと覚えていて、その為《ため》に軍人なのに仲間や上官の誘いを全部断って、自分の為に予定を空けてくれていた。

涙が堰《せき》を切ったように滂沱《ぼうだ》のごとく溢《あふ》れてくる。もう、どうやったって止められない。

「あさとぉ！」

朝華は広い胸板で泣きながら、朝徒の包容力に身を預ける。

「おいおいどうしたんだよ急に、ただ一日お前に付き合うだけだろ？　大げさだなぁ。そうだな、今年ずっと戦場行ってて全然お前と遊べてないし、俺がおごるからどこでもいいぞ。危険地手当たくさんもらったからな」

歯を見せて笑う朝徒を見上げて、朝華は首を小さく振った。

「ううん、どこにも行かなくていい、ケーキもアタシが作る。そのかわり……」

朝華はほんのりと赤い頬《ほお》と涙目のまま、朝徒を上目づかいに見つめて言った。

「明日は、アタシだけといてね」

◆

「やっぱりここにいたか」

学園の時計台の屋上で、アサカは一人ヒザを抱えて泣いていた。

「泣く時は高いところで……昔から変わらないな」

「だってアサトが！」

「誰《だれ》もいない部屋で泣いていたお前を屋根の上に連れてって『どうせ泣くなら高いところからの景色を見ながらがいい』って言ったからな、それでどうしたんだ急に」

俺が隣に腰を下ろすと、アサカは俺の袖《そで》をつかむ。

「だって……だってアサトが悪いんじゃん！　勝手に撃たれて勝手に寝て！　それからアサトに会いたくて冷凍カプセルに入ったのに」

俺の肩に額を押しつけながらアサカは泣いた。

「千年も待ったのに他《ほか》の女の子といちゃいちゃするんだもん！　アサトって男友達しかいなくて、アサトの側《そば》にいる女の子はアタシだけだったのに何よ！　女しかいない世界に来たらハーレム王にでもなろうっての!!」

それで分かった。アサカは、家族を取られた気になったのだ。

俺も、アサカが俺の知らない男子達と親密にしていたらいい気はしない。別にアサカは俺の恋人ではないのだからお門違いだが、寂しい、という単語が一番しっくりくるだろう。

だから俺は、友達より親密で、兄弟よりも長い時間を共有し、恋人よりも互いの事を知りつくしているアサカの頭をなでた。

「ごめんなアサカ、お前、俺のためにあの時代捨てたんだよな……俺さ、この時代に来て凄《すご》くへこんだわ」

アサカが目を丸くする。まぁ、俺あんまりこいつの前で落ち込んだことなかったしな。

「俺らが知っているもの何も無いんだぞ。街も、人も、そのあと痛感したんだよ。ここには爺《じい》ちゃんも父さんも母さんもいない。一一分隊の仲間もいない。みーんな俺を残して死んだ。いや、俺があいつらを残して一人で先の未来に来ちまった」

溜息《ためいき》を吐《つ》きながら、俺はアサカと向き合う。

「やっぱ辛《つら》いわ。自分が知っている人、自分を知ってくれている人が誰《だれ》もいない世界ってのは……それに最初は男ってことで差別されたしな……」

アサカも、もう両親や友人たちに会えない事を実感し直したのか、さっきとは違う種類の悲しみで目尻《めじり》を下げた。

「だからお前が来てくれて凄く嬉《うれ》しいよ。冷凍カプセルに入ってくれてありがとうな」

『俺なんかの為《ため》にごめん』ではなく『ありがとう』を返した。

申し訳ない気持ちはあるが、謝ればアサカは俺に変に気を遣ってしまう。だから俺は謝罪よりも感謝を伝えたい。事実、今俺の胸にあるアサカへの感謝は本物なのだから。

涙を拭《ぬぐ》い、アサカが元気を取り戻す。

「そ、そうよ感謝しなさい、アタシはアサトの為にこの世界に来たんだから、その……」

視線を逸《そ》らし、頬《ほお》を赤らめ、両手の指を絡ませる。

「大事にしてよね……」

その様子が可愛《かわい》過ぎて、俺は笑いをこらえながら立ち上がる。まったく、千年経《た》っても一緒なんて、俺とこいつの腐れ縁はダイヤモンド製に違いない。

「じゃあアサカ。またよろしくな」

「うん、よろしくね、アサト」

俺の差し出した手をつかみ、アサカは笑う。

三〇分後。アサカは驚愕《きようがく》の声を上げた。

「え!?　マイカってアスナちゃんの子孫なの!?」

「俺の遠い姪孫《てつそん》でお前の遠い従姪孫《じゆうてつそん》な。てか俺の妹、アスナって名前なのか、ふーん」

「え、えーっと、従姪孫の桐生《きりゆう》マイカです、よろしく……超従兄妹大叔母《いとこおおおば》さん？」

「アサカでいいわよ」

二人は渋い顔のまま向かい合う。桐生アサカと桐生マイカ。二人の間に微妙な、本当になんとも言えない微妙な空気が流れた。それにしてもアサカがこの時代に来たって事は……事は…………ッ……いやでも俺が好きなのは……

第二話　最強の男達、第一一分隊

「アサト、準備できた♪　今日はしっかりエスコートしてよね」

「お、おう、ばっちりだぞ」

俺の外出許可が出た日。デニム地のショートパンツに水色のカットソーが良く似合う私服姿のマイカを見て、俺は一瞬息を呑《の》んだ。一言で言えばすごく可愛《かわい》い。普段の制服姿もいいけれど、私服姿もいいものだ。でも何故《なぜ》かマイカの眼《め》が点になっている。

「あんた……その武器は？」

俺の腰に挿した九㎜拳銃《けんじゅう》を指差し、マイカが震える。

「え、ああ安心しろ、ちゃんと近接専用に袖隠《スリーブ》しナイフと超小型《シークレット》ナイフもある」

「そういう問題じゃないわよ!!　なんで街行くのに武装してんのよ!!」

「え？　街に行くから武装するんだろ？」

「あんたねぇ！」

「そうか、この時代女子しかいないもんな、暴漢でも素手で無傷のままに優しく落としてあげないと。でも非武装での外出か、反戦連中に襲われたら……どうしたんだマイカ？」

「……あんた、何と戦う気？」

信じられないモノを見る目で辟易《へきえき》するマイカに俺は真顔で、

「何って俺ら軍事学校の生徒は反戦側の連中にいつ襲われるか分からないだろ？　俺の顔はニュースに出ているし」

マイカの眉間《みけん》にしわが寄り、口が半開きになる。

「どうした？　俺なんか変な事言ったか？」

マイカは振り向き、オレンジ色のミニスカートにピンク色のキャミソール、手には白いハンドウォーマーを通したアサカに視線を送る。相変わらず顔とスタイルは最高だなぁ。Fカップのマイカの服や下着は胸が苦しいと言うので俺が新しく買ってやった。流石《さすが》Gカップ。ちなみにアサカは俺らと同じ部屋に住む事となり、今は三人でルームシェア中だ。

「何よマイカ、戦時中なら反戦側の人からの兵士弾圧があるに決まってるじゃない？　もう、そんな事も解《わか》らないなんてこの時代でアサトと何してたのよ、アタシは素手だけど」

ドヤ顔で答えるアサカ。マイカは無表情のまま額に青筋を浮かべた。

「ッッ、ま、まあいいわ、でもあんたそのまま出かけたら目立つわね」

「それもそうだな」

俺の事は世界中で連日連夜ニュースや雑誌で報道されっぱなし、今世界で一番有名な顔だ。その上ヘビー級女子プロレスラー顔負けの体格だ、これで気付かない馬鹿《ばか》はいない。

「サングラスで顔を隠すとか」

「そんなので誤魔化せるわけがないでしょ、そういやあんた服は？」

「服って制服とパイロットスーツしか持ってないぞ」

「はぁ!?　あんた今までそんなんで過ごしてたの!?」

「お前一緒に暮らしていただろ！」

「そういやそうだっけ、忘れてたわ、あんたも新しい服が欲しいとかなんか言いなさいよ」

「今まで必要なかったからな」

「必要なかったって、男ってファッションに興味ないの？」

「ある奴《やつ》はあるけど俺はそんなにこだわりなかったな、制服のまま外出かけたりしたし」

「だから反戦組織に襲われるんでしょうが！」

「仕方ないだろ、全寮制の国防学園《こくぼうがくえん》が外出時は可能な限り制服姿でいるよう言ってくるんだから、おかげで憲法九条かかげた反戦野郎達がいっつも絡んできてうざいのなんのって」

「そうそうアタシと一緒にデ、デートしている時とかね」

アサカはちょっと恥じらいながら、マイカに向かって得意げに胸を張る。

マイカの額に二本目の青筋が浮かんだ。

「せ、千年前って酷《ひど》い時代ね、それより服よ服、今から購買通りに買いに行ってたら時間なくなるし、とりあえずあたしの服着なさい」

「え？　お前の服って……」

◆

「アサトもっと息吐いて！」

「あがががが、無理、これ以上は無理だって」

「じゃあもうアバラ折りなさい、二四本もあるんだからいいでしょ！」

「必要だから二四本あるんだよ！　人体工学ナメんな！」

部屋のドアが開き、フレアスカートと胸元の開いたブラウス姿のエリコが、足に羽が生えたようにして跳びこんできた。

「やぁアサト待たせたね、今日は街で私との絆《きずな》をしっかりばっちりがっつり深め」

そこには、ミニスカを穿《は》き革製チューブトップを着させられようとする俺の姿があった。

背中のヒモがしまらずマイカが四苦八苦している。

「ていうかそもそも俺が女物の服着るとか無理が……エリコッ!?」

ミニスカ姿を見られ心臓が凍りつく。女装などという言葉が存在しないこの時代だが、そこは男としての尊厳的ないろいろが関係するのだ。

「……アサト、何をしているの？」

エリコに続き、制服姿のレジアンが部屋に入って来た。今日も健康的な黒い肌が眩《まぶ》しく、ちょっと人形めいた美しさを持つ少女だ。ちなみに今は日本語を話している。転校してきた時に日本語が解《わか》らないフリをしたのは、そのほうが相手の情報を得やすいかららしい。

「って、なんでレジアンまでいるのよ？」

「ああ、俺が呼んだんだよ。レジアンも同じ隊の仲間だし一緒に」

「何増やしてんのよアホトォオオオオオオオ!!」

「なんで怒るんだよ!?」

「うるさ痛ぁ！」

「おいおい鬼瓦《おにがわら》で鍛えた俺の頭を殴るなんて危険なぎゃあああ、いつ関節技覚えた!?」

「あんたが打撃効かないからでしょ!!」

「やめろマイカその関節はそっちに曲がらな、てか胸当たってるから胸！」

「いやァ！」

飛びヒザ蹴《げ》りが喉《のど》にえぐりこむ、声が出ない。

「げほ、ったくなんかよくわかんないけど悪かったよ。ごめんなマイカ」

マイカの頭を優しくなでまわす。するとマイカは珍しく嬉《うれ》しそうにはにかむ。いつもはなでると怒るのになんだか最近おとなしい。

「アサト」

レジアンが頭を突き出してきた。何かを要求するような目で、チラリと見上げてくる。

「お前もなでて欲しいのか？　よしよし」

猫のように目を細めるレジアン、正直その姿はかなり可愛《かわい》い。

「レジアンは小さくて可愛《かわい》いなぁ」

両手でマイカとレジアンをそれぞれなでていると、エリコが生唾《なまつば》を飲み込んだ。

赤い顔で口を引き結び、強い欲求を必死に我慢するような表情だ。

しかしこのプライドの高いエリート完璧《かんぺき》お姉様桜庭《さくらば》エリコに限って子供じゃあるまいし、まさかこいつも頭をなでて欲しいなんて事はないだろう。

俺が何故《なぜ》だろうと首を傾《かし》げると、エリコは震えながら。

「さ、さあ早く街へ行こうじゃないか」

そう言うエリコの眼《め》には、うっすら涙が溜《た》まっていた。

「おう、じゃあ俺は制服に着替えるから待っててくれ」

ぽん、と肩を叩《たた》かれて振り返ると、アサカがとんでもなく渋そうな顔をしていた。

「あんたの鈍さ、千年経《た》っても変わらないのね……」

◆

「すっげーなぁ」

街につくと、マイカとエリコはずっと俺と一緒に街へ行きたかったらしく嬉《うれ》しそうだ。

ちなみに俺が驚きの声を上げたのは、街の光景にだ。

学園の出入り口にある音速浮遊列車で一〇秒、列車の中から見た街並にも驚いたが、駅から出るとその光景に言葉を失った。一言で言えばまさにSF映画そのもの。

見ているだけで圧迫感で恐怖すら感じるような超々高層巨大建造物がそこら中に建ちつつも、道路と道幅は広く空を縦横無尽に伸びる半透明の道の上を車や人が移動している。

半透明の道でビルとビルが空中で繋《つな》がっているなど普通らしい。

上空の道や道路が半透明でなければきっと空が見えなかったことだろう。

地上の道路を走る車やバイクは全《すべ》てアスファルトに取って代わったタイルの上一〇数センチのところに浮かび、運転手はハンドルすら握っていない。

「よく考えたら俺って街に出るどころか見るのも初めてだよな」

「え、そうだったの？」

驚くアサカ。俺は解凍されてからずっと戦いの日々でそんな暇は無かったから仕方ないが、二度目の浦島太郎気分に辟易《へきえき》する。そして当然と言えば当然だが、やはり……

「女しかいねぇ……」

「アタシが解凍されたアメリカと同じね……」

街を行き交う人々も、浮遊ボードに乗っている人も、ベンチやお店のカフェの席に座る人も、本当に、ただの一人残らず全員女性である。しかも美人揃《ぞろ》いだ。

「さすがあらゆる食品に美容成分入っている時代は違うねぇ、まぁ親の好きな形質だけ遺伝させられるシステムもだけどな」

その時、マイカがヒジで俺をこづき、俺に向き直って見上げる。

「ちょっとアサト。街の感想もいいけど。あたしには何かないわけ？」

やはりそう来たか。アサカとエリコも俺に向き直って、得意げな顔で俺を見上げる。

私服を持っていない俺とレジアン以外の三人は、それぞれ期待するような、それでいて甘えるような眼差《まなざ》しで俺を見つめる。今まで見ないようにしてきたが、もう無理だ。

フレアスカートをはいたエリコのブラウスは胸の中央にスリットが入っていて胸の谷間が丸見えだ、エロい。それ普段着なのか？　たまらず視線をマイカに移す。ショートパンツから覗《のぞ》くふとももが眩《まぶ》しくて視線を上げると、水色のカットソーを着たマイカの上半身にトキメく。なんというか、今すぐぎゅっとしたい程可愛《かわい》い。あまり見ていると我慢できそうにないので視線をアサカに逃がして、俺は失敗したと思う。

ミニスカキャミソール姿で手首にハンドウォーマーをつけたアサカが目に映って心臓が高鳴る。性格はアレだが、相変わらず最高に可愛かった。ミニスカートから見える脚線美も、キャミソールから出た均整のとれた手も三十一世紀の並の女子よりも全然綺麗《きれい》だし、マイカ以上エリコ未満の豊かで女性的な胸はキャミソールを押し上げて男心をくすぐる。

大きな瞳《ひとみ》が『似合っているかな？』と問いかけてきて、その殺人的な可愛さに魅せられて、俺は動悸《どうき》が止まらない。マイカもいいけど、やっぱアサカって可愛いよな……。

そういえば俺って、イブの前日に事故で倒れたんだよな。俺がジッと見つめると、アサカは頬《ほお》を染めて、緊張した面持ちになる。俺はアサカと過ごすイブを想像して……

「……ペアルック」

俺と同じ制服姿のレジアンが、そっと俺に寄り添った。

「どうしたお前ら『その手があったか』みたいな顔して……」

三人は崩れ落ち、地面に手を突いてうな垂れた。

「ねぇねぇ、あれ男じゃない？」

「本当だ、おっきぃ、みんなに連絡しないと」

「きゃーすごーい、写真写真」

駅を降りると通行人が漏れなく足を止め集まってくる。いつのまにか群衆を形成し、駅の入り口は完全封鎖状態、完璧《かんぺき》な包囲網の完成だ。

「ふむ、やはりバレたか、男に話しかけるのは禁止されているが、注目は避けられないね。どうするんだいアサト？　これでは身動きが取れないよ」

「……銃で道を空けさせる？」

「やめろレジアン。ったく、俺は芸能人かってえの」

「そんな事言って本当は注目されて嬉《うれ》しいんじゃないの？」

マイカの問いには首を振る。

「馬鹿《ばか》言うなよ、俺は兵士だぞ。手柄を褒められるならまだしも珍獣的な人気はご免だね」

「かっこいいー、あれが防衛学園《ぼうえいがくえん》を守った英雄なのね」

「何あれ強そう、なんかもう見た目からヒーローって感じだよね」

「実際アラウビア王国救ったヒーローなんでしょ？　いやーんこっち向いてぇ」

「…………」

「きゃー照れてるー、可愛《かわい》い♪」

「ギャップ萌《も》え～、赤くなっちゃってぇ」

「まだ一七歳だっけ？　若いんだからぁ♪」

「「アサト～!!」」

マイカ、エリコ、アサカが鬼の形相で睨《にら》んでくる。あまりの迫力に背筋が寒い。

「ごご、ごめん、でもよぉ」

「あの！　握手してください！」

俺を取り囲む群衆が近寄ってくる。

「あーズルイあんた！」

「警察が来るまでバレなきゃＯＫ！」

「え？　え？　おいマイカ、アサカ、エリコ、レジアン」

マイカ達との間に群衆がなだれ込み遮られる。俺は女性の波に流されてしまう。

「ぎゃあああああああ、誰《だれ》かぁあああああああああ！！」

「わぁ、たくましい」

「凄《すご》い筋肉ぅ、これが男の体なのね」

何度も自分に落ち着けと言い聞かせる。どれほど多くの女性に囲まれようが防衛学園《ぼうえいがくえん》の大浴場を思い出せばこの程度、と思った直後、全身に絡みついてくる女性達の手が、服の中にまで入って来た。女の人達の細くやわらかい指先が俺の体を探り、なでまわす。

「無理ぃいいいいいいいいいいいい!!」

興奮して、俺が紳士ではいられなくなる直前、

『警察だ！　この騒ぎは何だ!?』

軍事甲冑《かっちゅう》よりも華奢《きゃしゃ》な、警備甲冑に乗った警官九名が現れる。蜘蛛《くも》の子を散らすように逃げて行く女性達、国家権力バンザイである。

『いやぁ、しかし大変でしたなアサト殿』

警備甲冑達がクリアモードを起動させ、警官の顔や胴体が見えるようになる。

「お怪我《けが》はありませんか？」

「ありがとうございます、でも俺らはみんな無事です」

滑り寄って来た警官に愛想笑いを返すと、

「それはよか――」

「ちょっとあんた何抜け駆けしてんのよ！　私的会話は禁止でしょ！」

「違う！　これは被害者を守るためのアフターケア。警官の義務で仕事だ！」

「うるさい言い訳女！　アサト君を保護するのは私なの！」

「あんたは関係ないでしょ！」

ぎゃーぎゃーと騒ぎながら争う警備甲冑《かっちゅう》達。その隙《すき》に俺達は場を離れた。

◆

「いやー、酷《ひど》い目に遭ったな」

「まったくだね、それでこれからどうしようか？」

俺、マイカ、アサカ、エリコ、レジアンの五人で街中をブラつきながら今後の予定を決める。よく考えてみれば、具体的に何をするかは特に話し合っていない。

マイカとエリコは勝手な予定を立てていたらしいが、二人きりでないと駄目な事だったらしく総ボツとかなんとか。

「じゃあ先にお昼食べない？　さっきので無駄に時間食っちゃったし」

「そういえばもう昼時か、私はいいと思うよ」

マイカとエリコの意見が珍しく合ったのだ。俺が断る理由は無い。

「俺もそれでいいぞ」

「じゃああたしのいつもの場所でいい？」

「君の行きつけかい？」

「ええ、それともエリコ行きたい店あった？」

「いや、たまには君のセンスに任せてみよう」

　ボソリと、

「それにあの店はアサトと二人で行くのを初めてにしないとボソボソ」

「エリコ、お前何言ってるんだよ」

「い、いや、なんでもないよ、さぁ行こう。レジアン君とアサカ君もいいだろう？」

「私はこの街を知らない。だから問題無い」

「アタシもいいわよ」

　街に不慣れな俺は流されるまま、傍観するがままの光景であった。

　しかし女だけの時代の店とはどんな場所だろうか、と俺は少し考える。

　オシャレなカフェ？　それともレストラン？　いやでもまだ女子高生だし、それとも背伸びしたい年頃《としごろ》だからこそ大人っぽい店なのか。女しかいない時代だと中高生向けの飲食店が意外と大人っぽい落ち着いた店だったりするのか。どうせ着けば分かる、と俺は自分の貧弱な想像力に頼るのはやめた。

　九分後、真ピンク色のファミレスに着いた。俺が絶句する間に入り口へと吸い込まれるマイカ。あいつはこんな悪趣味な店にいつも行っているというのか。

「なぁ本当にこんな店で、ってあれ？　エリコ達は？」

　マイカの後ろに続くエリコとレジアンとアサカの姿が目に映る。

「おっ、お前らも入っちゃうんですかぁあああああああ!?」

◆

店内はリボンで可愛《かわい》く飾りつけられ可愛いぬいぐるみが窓際に並び、店員はふんだんにフリルをあしらった可愛い制服姿の女の子達だった。

「何このカオス空間、俺は時計を持った兎《うさぎ》を追いかけた覚えはないんですが?」

「アサト、こっちの席が空いてるわよ」

「アーウン、ワカリマシタ」

思わず言葉が棒読みだ。

「ねぇねぇ、あれ男だよね?」

「きゃーほんとだ。さっき駅前にいるって書き込みあったけどこっちきたんだ」

客達の反応に俺は辟易《へきえき》とする。

「店員誰《だれ》か注意しろよな」

すると店員が、

「店長! 男ですよ男♪」

「ホントだ! すぐネットに晒《さら》して宣伝よ、早くしないと男が帰っちゃう!」

「写真に撮って画像アップ♪」

「ぐあ、あいつらもか! ていうか人を使って商売するな! ったく、ん?」

小声でツッコミながら席に着、こうとして、マイカ達が席周辺に立ち尽くしていた。

「なんでお前ら座ってないんだよ？」

「え？　いや、それはさ、ね？」

「あ、ああうん」

マイカと同じく、気まずそうにするエリコ。

「ったく面倒くさいな、ほらさっさと座れよ」

マイカの肩をつかみソファの奥に座らせると続いて自分も隣に座る。と、同時にマイカが勝ち誇った顔でエリコ達に視線を送る。こいつは一体何に勝ったのだろうか。

「っっ、失礼するよアサト」

「え？」

俺らの場所は、テーブルを挟んで三人がけの席が向かい合っている。だが俺は体が大きいので、こちらの席にエリコが座るとかなり窮屈になってしまう。だからエリコは俺達の向かいの席に座ればいいし、俺とマイカは家族だからそのほうが自然だと思ったのだが。

「ちょっとエリコ何、そんな無理矢理」

「無理じゃないさ、元々この席は三人がけだろう？」

「あんたお尻《しり》大きいからキツイのよ！」

「マイカ君だって人の事は言えないだろう！」

「ちょちょ、お前ら」

エリコを外へ押し出そうと、右側からはマイカが。

マイカと俺を奥へ押し込めようと左側からエリコが。

それぞれ必死に俺越しに押し合いを始める。

その度に二人の大きな胸の片方が揺れ、弾み、もう片方が俺の体に当たり、押しつけられる。なんだか狙撃《そげき》されてから二人にサンドイッチにされっ放しだ。

すると第三勢力レジアンが、するっと、俺の膝《ひざ》の上に座ってきた。

「じゃあ私はここに」

「どうしたエリコ、マイカ『その手があったか』みたいな顔して」

「じゃあアタシはここに」

と、アサカが俺の真向かいに座った。マイカとエリコは『やられた』という顔をする。

「冷凍睡眠中の記憶は無いけど、なんかこの感じ久しぶりだよねアサト」

「そういえばそうだな、俺的には二か月ぶりかな」

「昔からあんたと出かけたらてきとうな店に入ってこうして向かい合ってさぁ、アサト注文決めるの早過ぎて、いつもアタシが注文決めてから店員呼んで、アサトがアタシの分も一緒に注文するんだよね」

「んな細かい事までよく覚えているな」

——アサカとこうしていると落ち着く、千年前出兵した時も思ったが、俺の日常はこいつがいないと始まらない。でも俺としてはマイカも一緒じゃないと、って二股《ふたまた》か俺!?

「えっへん、幼馴染《おさななじみ》ですから、アサトの事なら世界で一番よく解《わか》ってるのよ」

自慢げに張った胸が揺れる。マイカ以上エリコ未満の特乳に圧迫されてブラの悲鳴が聞こえた気がする。でも実際に聞こえたのは左右に座るマイカとエリコの歯ぎしりだった。

——何をそんなに怒っているんだ？　やっぱ席が狭いのか？

「へぇ、じゃあアサカあんたさぁ、今アサトが何考えているかも解るの？」

声と視線に敵意を滲《にじ》ませるマイカ。アサカは頬《ほお》を紅潮させながら、

「当然、今アサトはアタシの胸が冷凍解凍の工程で崩れていないか心配しているわ」

「バラすなよ！」

「「当たってるんかい!!」」

俺は左右からマイカとエリコのヒジ鉄でサンドイッチ、二人はヒジを押さえて苦しみ、レジアンは頭上に疑問符を浮かべている。レジアンは可愛《かわい》いなぁ。

その時、メイドっぽい格好をした可愛らしい店員がフラついた足で歩み寄ってきた。

余程白熱したバトルをしたと見える。実はさっきからずっと、厨房《ちゆうぼう》で誰《だれ》が俺達の注文を取るかでモメにモメていたようで、その声はこっちにまで聞こえてきていた。

店員が注文を取りに来たことでマイカとエリコも気を取り直す。

俺達は少しキツめの席で食事をすることになった。
「ご注文はお決まりですか♪」
「あ、ちょっと待って下さい、えーっと一体何があるんだ？……!?」
手元のボタンで投影ウィンドウのメニュー画面を開き言葉を失った。
《ふわふわふっくらメルヘンハートハンバーグ》
《マジカルビューティーオムライス》
《わたしの想《おも》いよ銀河に届けスパゲッティ》
俺は心の中で叫んだ。――このメニューを読み上げるのか!?

◆

「いやぁ、今日はアサトの可愛《かわい》い顔が見られて最高だったわね」

店を出ると、マイカが俺にいじわるく笑う。

「アサト、君はそんなにあのメニューを読み上げるのが恥ずかしかったのかい？」

「まぁあんな表情、アタシは千年前から見慣れているけどね」

マイカとアサカの間にバチッと火花が散る。

「ねぇアサカ、あんたさっきからみょうに偉そうじゃない？」

「生まれた時からアサトと一緒だからアタシの話ってどうしてもアサトが絡むのよね」

二人の迫力で、まるでドリル同士がぶつかる様な幻聴が聞こえそうだ。

「なぁアサト、あれは止めたほうがいいんじゃないかい？」

エリコに耳打ちされて、俺は二人の間に進み出る。

「さ、さーて飯も食ったし、次はどこ行くんだ？」

「じゃあ重要文化財に指定されている建造千年の歴史を誇る東京スカイツリーを」

「俺らそれ新品の知ってるから……」

「じゃあ逆にアサト達が行きたい場所ってないの？」

「俺か？」

「そういえばアサトとアサカは千年前のこの街に住んでいたのだろう？　なら千年でどこがどう変わったか知りたいとは思わないのかい？」

マイカとエリコからの意外な提案に悩むアサカ。俺は頭上で電球を光らせる。

「うーん、そうだなぁ、ならやっぱ未来だし、思い出の場所に行きたいな」

「思い出の場所かい？」

「この時代、俺の知っている街並全部無くなってるからさ、とりあえず俺の実家にでも」

◆

メイド喫茶になっていた。

「俺の実家ぁああああああああああああああ！！！」

そこには、歩道に四《よ》つん這《ば》いになって叫ぶ男の姿があった。

「うわぁ、アタシん家まるごと無くなってるよ」

「桐生《きりゅう》家って千年前ここにあったんだ」

「我々はそんなところに来ていたのか」

「お前ら利用した事あんのかよ……」

「そりゃまぁ、たまにはね……」

「皆に誘われてね、時々マイカ君の姿は見ているよ」

「ま、まぁ民家が千年も残っているわけないしな、これぐらい予想の範囲内だ」

よろよろと立ち直る俺。口で何を言おうが足はKO寸前のボクサー同然だ。

「それに国防学園《こくぼうがくえん》が防衛学園《ぼうえいがくえん》として残っているんだ、なら」

小学校↓オタクグッズ専門店の集合通り。

中学校↓コスプレ館と言う名の超高層ビル。

「お前ら俺の思い出をなんだと思ってるんだよ!?」

「別にあたしらが建てたわけじゃないでしょ?」

「私達が生まれる前の話だからな」

マイカ、エリコの順にツッコみ、俺は肩を落とす。

「あーあ、でもそうだよな」

俺は急に視線と声のトーンを落とす。

「俺とアサカが眠ってからもう千年経《た》ってるんだよな」

「そうね……」

大きく息をつき、あらためて自分の置かれている状況を認識し直す。

俺のいた二〇一二年、その千年前といえば平安時代、つまり俺は平安時代から二十一世紀に来たも同じ、それはもう、別の惑星も同じではないか。

スカイツリーがあるなら、他《ほか》の重要文化財も残っているのだろうが、それは日本の、であり俺個人の思い出とは違う。

「仕方ないけど、なんか寂しいな」

「でもいいじゃない、これからはアタシがいるんだから」

俺が自嘲《じちょう》気味に笑うと、アサカが俺の右腕を取り、愛嬌《あいきょう》のある顔で笑みを見せる。するとマイカ達がムッとする。アサカを押しのけるようにしてマイカが俺の左腕を取った。

「落ち込まないでよアサト、ね」

マイカが優しげな表情で見上げ、俺を慰めてくれる。が、アサカとマイカに挟まれて俺は落ち着かない。幸せな気持ちと後ろめたさがないまぜになって汗が出てきた。

「確かに千年も経てばみんな変わっちゃうかもしれないけど……あっ！」

マイカが急に手を叩《たた》いた。

「どうしたんだいマイカ君？」

「あるじゃないほら、千年変わらないものっていうか、千年て言えば」

「あっ、あれか！」

エリコも得心がいったように手を叩《たた》いた。

「なんだよお前ら、千年経《た》っても変わらないものなんてあるのか？」

「アタシらの時代から残っているものとかあるの？」

「ああ、あれなら多分アサトの時代からあったんじゃないかな？」

「あれ？」

「ああそうだよアサト。この街に古くからある」

「天道《てんどう》神社の千年桜!!」

天道神社。その名前に、俺は息を呑《の》んだ。天道神社、それは俺の……俺達の……

「まだ……あったのか……」

◆

長い石段の横に作られたエスカレーターを上り、俺達が辿《たど》り着いた境内。

そこには目を疑うような桜が咲いていた。何人もの人で輪を作れるほど太い幹。どこまでも長く広がる枝。その枝全《すべ》てに満開の桜の花が咲き誇っていた。長く太い枝と無限に広がる桜色が空を覆い尽くし、空が見えない。レジアンが思わず感嘆の言葉を漏らす。

「……すごい」

「どうアサト。これがこの街の名物、千年桜よ。名前の通り千年前からあってしかも一年中桜の花が咲いているの。世界最大の桜としてギネスにも登録されているんだから」

マイカの言う通り、六月にも拘《かか》わらずその桜は満開だった。

「一応多少は花の数が変わるけどね。四月になればこれよりさらに増えて極満開なんて言われているよ。夏と秋は大満開、冬でようやく満開と呼ばれている。凄《すご》いだろう？　千年前から何故《なぜ》枯れないのか多くの科学者たちが調査しているらしいが、未《いま》だ原因不明らしい」

「って、アサトどうしたの？」

俺は何も言わず、自然と歩みを進め、その木に触れていた。

この桜の正体を知っているアサカも何も言わずに桜を見上げ続けた。

「お前……待っていてくれたのか……」

熱い涙が頬《ほお》を伝う。

「お前達……ずっと…………千年も待っていてくれたのか」

溢《あふ》れる感情を止められず、俺は桜の木にしがみつく。

「どうしたのよアサト」

「なんなんだい急に、この木が一体」

千年前の記憶が走馬灯のように蘇《よみがえ》り、頭を駆け巡る。こんな奇跡があるだろうか。

「……枯れなくて当たり前だろ。だってこいつは男の魂でできているんだからな……」

意味が解《わか》らないのだろう。眉根《まゆね》を寄せるマイカ達に、俺は告げた。

「こいつはな……俺らが植えた桜だ」

言葉を失うマイカ達に、俺は続ける。

「千年前、俺が仲間達と出兵する前にみんなで植えたんだよ……必ず生きて帰ってきてまたこの桜を見ようって。みんなでそう約束して、でもその前に俺はこの時代に来ちまった」

それは遠い昔。千年も前の記憶。出兵する日の早朝。俺達は一一分隊のメンバーで植えたこの木に集まり誓ったのだ。必ずみんなで日本を守ろう。必ずみんなで生きて帰ろう。そして必ずまたみんなでこの桜を見よう。

俺以外の連中は、一度くらいはこの桜をまた見れたと信じたい。でも俺は見ていない。だからこの桜は、いや、あいつらはここで、俺がいつ帰ってきてもいいように千年間花を咲かせ待ち続けていた。俺はそう思いたい。

「その通りですよ、アサトさん」

背後の声に振りかえる。そこには、白い巫女《みこ》さんが立っていた。

雪のように白い髪、抜けるような白い肌。そして、ルビーのように紅《あか》い瞳《ひとみ》だった。

背はスラリと高く、エリコや教官よりも高いかもしれない。腰まで伸びた髪を後ろで一本に束ね、天女を思わせる美しい顔でほほ笑み、たおやかに頭を下げた。

「待ち人、来たるですね」

「あ、生徒会長」

「生徒会長？」

マイカを見ると、彼女は頷《うなず》いた。

「うん、この人うちの生徒会長よ。ちなみにエリコと同じパイロットレベル五ね」

「天道《てんどう》神社は生徒会長さんのご実家だからね」

生徒会長を見直すと、彼女と視線が交わる。

「天道小鉄《こてつ》の子孫、天道ミズキです」

「小鉄の……」

俺が茫然《ぼうぜん》自失《じしつ》に呟《つぶや》く。ミズキが小さな唇で笑ってくれる。

「中で、話しませんか？」

◆

かつての仲間でありクラスメイトの天道小鉄。その実家である神社は千年前とは何も変わらず、国の重要文化財にまでなっているらしい。

当然住居スペースは千年の間に何度も立て直し、面影など一つも残っていないが、

「千年後なのに武家屋敷風ってなんだか不思議ですね」

俺は畳張りの応接室で座布団の上に胡坐《あぐら》をかき、辺りを見回す。

「アサトさんの時代だって、近代になってから一〇〇年以上経《た》っていたじゃないですか」

ミズキ先輩は、相変わらずキレイな顔で笑う人だった。

「まぁ、俺の時代でも武家屋敷なんて十分珍しかったけど、ここが日本である以上、和式の家は永遠に残るのかもしれませんね」

「はい、新近代になり五〇〇年経った今でも、和式の家は結構あるんですよ」

ミズキ先輩がテーブルの上にお茶を五つ用意し、俺達五人の前に差し出してくれる。

「あの、ミズキ先輩」

「先輩なんてよしてください、アサトさんよりもずっと後に生まれているのですから」

「じゃ、じゃあミズキ」

「はい」

「小鉄の子孫って言っていたけど、あいつ結婚は」

「していません」

目をつぶり、ミズキは静かにそう答えた。

「天道小鉄。我が天道家に伝わる最強にして最年少の若き剣客。その強さは歴代において並ぶもの無し……彼の事は全《すべ》ての天道家の人間が敬っています。彼には許嫁《いいなずけ》がいましたが結婚する前に戦地へ行ってしまいました。ですが戦地へ行く前の晩、小鉄様は許嫁の女性と契り、子を残したのです。その後、許嫁の女性は養子となる形で天道家に入り、わたしの先祖を育てたと聞いています」

目を細め語るミズキは、どこか誇らしげだった。

「千年も前の事なのに、随分と詳しく知っているんですね」

「彼の手記が残っていますから。他《ほか》にも日記など、とにかく小鉄《こてつ》様は自分が体験した事や自分の思いを何でも書き残す方だったらしいので。彼を敬う子孫の一人が風化しないよう、全《すべ》てデジタル化して残していたんです、だから」

ミズキは指を伸ばし、お茶を置いた俺の手を握る。

「ずっとあなたに会いたかった」

ミズキの手に力がこもる。俺は少しドキッとした。

ミズキの手はやわらかく、とても温かい、包容力に溢《あふ》れた感触だった。

マイカ達が不機嫌そうな顔で俺の、いや、ミズキの手をにらんだ。

「ずっとって、俺のニュースが流れてからですか？」

ミズキは首を横に振る。

「いいえ、幼い頃《ころ》からずっとです」

「そんなわけないでしょ！」

マイカに続きエリコも、

「生徒会長、いくらアサトが好きだからといってそういう嘘《うそ》はやめていただけませんか？彼の存在は今年の四月になってから」

「小鉄様の手記に書いてありました」

　俺達は言葉に詰まる。そしてミズキは続けた。

「小鉄様は先祖、あくまで尊敬する存在。ですがその小鉄様が書き残したのです。桐生《きりゅう》アサトこそこの世でもっとも頼れる、そして信じられる真の男である。自分以上の正義があるとするならばそれはアサトの事だ、自分の正義が折れそうになった時、アサトが自分と自分の志を救ってくれたのだ、と。アサトさんはわたしの初恋の人なんですよ」

「「「なぁ！」」」

　マイカ、アサカ、エリコが同時に慌て始める。

　初恋とまで言われては、俺も冷静ではいられない。

「みみ、ミズキおまえ何言って」

「だって尊敬する小鉄様があんなにも尊敬するほどの人物ですもの。小鉄様の手記にはアサトさんの事がたくさん書いてありました。アサトさんがいかに優しくて、勇敢で、強くて、器の大きな方か。本当はアサトさんの解凍を知ってすぐに会いたかったのですけれど、接触規制で会えませんでした。だから今、こうして会える事がすごく嬉《うれ》しいです」

　温和な笑みを浮かべるミズキに心臓を射貫《いぬ》かれる。やはり反則的な美人だ。と言っても根っこの部分は揺らがない。アサカと再会してから、なんだか胸の奥が落ち着かない。俺がもやもやした気持ちでいると、

「そして学園とアラウビア王国を救った活躍を知って確信したんです。あぁ、やはりアサトさんはわたしが思っていた通りの人だったと。本当に流石《さすが》です。流石は」

ミズキは、言ってしまった。

「史上最強の少年兵分隊、第一一分隊分隊長、極東の殺戮魔王《ヴォストーク・サタン》鬼龍朝徒《きりゅうあさと》様です」

顔が凍りつく俺とは違い、マイカとエリコは興奮する。

「何アサトあんたそんな凄《すご》い二つ名持ってたの!?　それに何よその一一分隊って!?」

「最強の少年兵分隊って、やはり君は千年前においても凄かったのだな!」

それは、俺が自分からは言わないようにしていた事実だった。

だがいつかは話さなくてはと思っていた事だ。そろそろ潮時かもしれない。

「第一一分隊は、俺が千年前に所属していた分隊だ」

俺は観念したように喋《しゃべ》り始める。

「俺は国防学園《こくぼうがくえん》では二年三組の第二分隊所属だ。でも俺達第二分隊の一〇人は二年生になってすぐ正規軍の特殊作戦分隊群の第一一分隊に振り分けられた」

「「特殊作戦分隊群?」」

「日本史上もっとも過酷と言われた三次大戦最強の特殊部隊です」

ミズキの補足。マイカとエリコが感嘆の声を漏らした。

「でも、一一の分隊からなるその特殊作戦分隊群の中でもさらに最強の分隊と言われたのがアサトさんが率いた一一分隊なんです。全員が一七歳の少年で構成されているにも拘《かか》わらず当時の日本軍最強。今ではあまり伝わっていませんが、小鉄《こてつ》様の子の手記によると、全員死後は軍神として兵士達に崇《あが》められたそうです。そしてさらにその分隊の中で最強と言われたのが隊長であるアサトさんです。小鉄様達一一分隊はアサト様が眠りについた後、新たな隊長を拒否し、副隊長の凪本怜央《なぎもとれお》さんが副隊長の地位のまま皆を率いたと手記にはあります」

隊長の永久欠番、そこまで俺を信じてくれていたのかと思うと嬉《うれ》しい反面、悔しくもある。俺はそんなあいつらと一緒に戦えず、一人千年後の世界に来てしまったのだ。

俺にその気がなくても、あいつらを見捨てたような気になってしまう。

「軍神達の隊長かぁ、やっぱアサトってみんなのヒーローね」

「そんなんじゃないよ」

明るいマイカの感想を否定して、俺はテーブルに視線を落とした。

「俺がしたのはただの人殺しだ。日本を守るために敵を潰《つぶ》して、仲間を守る為《ため》に敵を殺して、死体の山を築いてきただけだ。ヒーローなんてカッコイイもんじゃない……」

重たい沈黙に部屋が静まる。戦場で多くの人を殺してきたレジアンは無表情ながら、その視線はゆっくりとテーブルに落ちる。ミズキはようやく俺の手を離して立ち上がる。

「読みますか？　小鉄様の手記を」

「……いいのか？」

「はい、ですが言わせてください。あなたが自分の事をどう評価するのも自由です。けれど、あなたのした事は多くの人々を救う立派な行いだと思います。そしてアサトさんがした事を否定するならば、それは同じ一二分隊みんなの行動を否定することにも繋《つな》がります」

千年前、戦場に命を賭《か》けた男達の顔を思い出しながら、俺は言葉に詰まる。

すると、ミズキは柔和な笑みに涙を浮かべた。

「だからアサトさん。そんな顔しないでください」

紅《あか》い瞳《ひとみ》で光る雫《しずく》に、俺はまた他人にいやな思いをさせてしまったのかと反省した。

◆

「アサトさん、夕食、食べていかれませんか？」

悪いとは思ったがマイカ達を残し、ミズキに通された部屋で小鉄《こてつ》の手記を読んでいた俺は、時計の針が六時を指しているのを見て驚いた。

「すいませんこんな時間まで、あの、マイカ達は……」

「ずっとアサトさんの事でお喋《しゃべ》りしていますよ、わたしもアサトさんの話が聞けて楽しいです。もう遅いですし明日は日曜です。もしよろしければ泊まっていかれませんか？」

「迷惑じゃないですか？」

「正直に言いますと、わたしが小鉄様の話を聞きたいんです。聞かせてくださいますか？」

俺は、すぐには言葉が出なくて、作り笑いで時間を稼いだ。

「…………はい……いくらでも」

俺は小鉄の手記データ画面を閉じて、ミズキと一緒に部屋を出た。手記には、俺が眠った後誰《だれ》がどこでどう死んだか、そして……一一分隊解体の事実が記されていた。

◆

夕食後、俺がトイレから戻る途中、廊下でアサカが待っていた。

「ん、どうしたアサカ?」

先程応接室ではあまり喋らなかっただけに、アサカのことはちょっと気になっていた。今も、どこか思いつめたような表情をしている。

「あの、さ……アサト、あの後」

アサカの言いたい事は分かる。千年前、国防学園《こくぼうがくえん》二年生の春に俺はアサカに別れを告げて戦場に行った。戦場で数えきれない程の人間を殺しまわって死体の山と血の海を作り続けた。でも、一時帰国をした俺はその事をアサカに何も言わなかった。言えなかった。

俺の帰りを素直に喜んでくれるアサカに、俺はただ甘えていた。

「ごめん、気付いてあげられなくて」

そっと近づいて、アサカは俺を見上げる。

「戦場で活躍するってそういう事だもんね。ずっと辛《つら》かったんだよね。なのにアタシ」

「勘違いしないでくれ。それに本当の事を話すよ」

俺は覚悟を決めて、息を呑《の》んだ。

「俺は兵隊だ。仲間を守る為《ため》に戦場で敵兵を殺す事に躊躇《ためら》いは無い。むしろ怜央《れお》や小鉄《こてつ》達と毎日戦果を競い合ったぐらいだ。だからこの時代に来て辛《つら》かったのは敵が女しかいない事だった。だから千年前辛かったのは……民間人を殺す事だ」

アサカの唇が、キュッとかたくなる。

「民間人が武器を手にとって襲い掛かって来た。そういう時、国際法上は殺しても問題ない。でもそれは法律上で、あの人達は兵士と違って殺される覚悟の無い民間人で、殺されると勘違いして、ただ怖くて戦っただけだ……そんな人達を、俺は殺したんだ」

俺の顔が、自然と冷たい笑みを作る。

「ごめんなアサカ。お前があの時代を捨ててまで追ってきてくれた男は、ただの殺人鬼だ」

謝罪ではなく感謝をしたいのに、俺の口からは謝罪の言葉しか出なかった。

千年前、ちゃんと話していたら。それでちゃんと軽蔑《けいべつ》されていれば、アサカは俺を追わなかったかもしれない。そうすればアサカは。そう思った瞬間、首に手を回される。

「ありがとう、アサト」

頭を抱かれながら、俺の耳元でアサカが優しく囁《ささや》く。

「アサト、みんなの為に頑張ったんだよね。アサト、みんなの代わりに辛いの全部しょいこんだんだよね。だから、もう苦しまなくていいよ」

そう言ってアサカは笑ってくれた。ものごころついた時から変わらない、何度も守りたいと思った笑顔だ。そうして気づかされてしまう。やっぱり俺は、アサカが好きらしい。

◆

天道《てんどう》家の大浴場の湯船に浸《つ》かりながら、俺は天井を見上げる。

天道家は神社と同時に剣道場も兼ねている。そのため門下生達も入れるよう風呂《ふろ》は大浴場規模で、それは千年後の今も変わらないようだ。

もっともシャワーにはホースがなくノズルだけだし、温度調節は投影ウィンドウによる操作だ。久しぶりの友の家、とは言ってもあまり実感が無い。

それでも、千年前、俺は確かにこの土地、この土の上にいた。

すると、ミズキの涙とアサカの笑顔が頭に浮かぶ。

俺が戦っているのは広い意味で仲間の為だ。仲間の平和と笑顔を守る為だ。

でも戦う事で心配をかけさせては意味が無い。ならば心配されないほど強くなるしか無い。自分の行いを否定すれば泣かれる。なら女子供を殺すのも上等だと笑えばいいのか？

わからない。どうすればいいのか。大きな溜息《ためいき》をつき、俺は湯船から上がる。

マイカとエリコには絶対に来ないよう言い含めておいたから安心して体を洗おう。

マイカと言えば、決着をつけねばならない事がある。薄々解《わか》ってはいたが、俺はマイカ

「アサトのこれ何に使うの？」

「ん、ああこれはトイレで用を足す時……」

「って、おいお前なんで来てんだよ！」

目の前で、レジアンが俺の股間を見下ろしていた。

「アサトが来るなって言ったのはマイカとエリコ。だから私は来てもいいはず」

全裸真顔で静かに言うレジアン。

「ぐおお、お前も一緒にお風呂入りたい派だったのかぁ！　いいから出ていけ！」

「今出たら中途半端になる」

「じゃあ俺が体洗うまで湯船に入っていろ！」

レジアンの両ワキを持って湯船に入れる。その際レジアンの美乳に手が触れてしまったのは不可抗力だと自分に言い聞かせた湯船に入れる。その際レジアンの美乳に手が触れてしまったのは不可抗力だと自分に言い聞かせた瞬間、脱衣所のドアが開く。

タオル姿のマイカとエリコが入ってきた。

「結局あんた普通に入ってんでしょうが！」

「そういう君だって入っているじゃないか！」

俺は絶望しながらレジアンに『隠れろ』と指示。レジアンは無表情のまま、何も言わずに湯にもぐり隠れた。マイカとエリコには気付かれそうにない。


の事が好きなんだと思う。でも、アサカとどっちが？　と聞かれると……

二人は互いに肩で押し合い、言い争う。

「これは今アサトが溺《おぼ》れているって虫の知らせがあったから救助に来たのよ！」

「なら私はアサトが暗殺者に襲われているという天啓を得たのだ！」

二人ともよほど慌てていたのだろう。バスタオルではなく、ただのタオルを手で体の前に押し当てているだけだ。二人の動きに合わせて裾《すそ》がめくれ、きわどい部分がチラチラと見えている。後ろから見れば二人の程好《よ》く大きなお尻《しり》が丸見えだろう。

「ならなんで裸なのよそれじゃ守れないでしょ！」

「君だって裸じゃないか！　そんな格好で何が救助に来ただ！」

「いいから出てけよ!!」

俺は両手で股間を隠しながら声を張り上げる。

「なんでお前らはそうやっていっつもいっつも混浴したがるんだよ!!」

「バスタイムはスキンシップの基本でしょ！」

「同じ隊なのにバスタイムが別など倫理に反する！」

「その触れあいタイムでいつも俺を殴って悲鳴あげるのはどこのどいつだ言ってみろ！」

二人はタオルが落ちないよう手で胸元を押さえている。だが二人の豊かな魅乳はそのやわらかさに反した弾力を持っていて、手から逃げるように上へ溢《あふ》れようとして桜色の頂が見える寸前だ。頂点がタオルを越えれば、一気に弾み上がるだろう。

「お前ら俺と一緒にいて男に裸を見られる恥ずかしさを覚えたのはいいけど、だったら一緒に入ろうとするな!!」

「裸見られるのは恥ずかしいけど一緒に入りたいの!!」

「見られるのは恥ずかしいが君にならられたくも」

「「え?」」

「い、いや、今のはなんでもない!」

俺とマイカが見ると慌てて赤面するエリコ。ぶんぶん首を振るせいで長い髪も大きく揺れて胸も波打つ。これでは本当にいつこぼれるかわかったものではない。

「と、とにかくだな! 君は一度我々とちゃんとお風呂《ふろ》に」

「そうよ! 今度こそお風呂に」

マイカの巨乳とエリコの爆乳が弾み上がり、タオルからこぼれた。

タオル越しに胸を押さえる手と腕は今や豊乳を持ち上げ強調する役目を担い全身の血が滾《たぎ》る。心臓が鼓動ではなく爆発を刻む。

目の前で弾む四つのメロン。マイカとエリコが悲鳴を上げようとした時、

「あら? お二人は入らないよう言われていたのでは?」

二つのスイカが大きく揺れた。俺の脳内で火薬庫が爆発する。

ドアを開け入ってきたミズキはタオルを巻かず、見事な超乳を惜しげも無くさらしてい

た。悲鳴を上げようと開いたマイカとエリコの口が硬直。あごがはずれたように動かない。

「？　お二人ともどうかされたんですか？」

不思議そうに首を傾《かし》げるミズキ。マイカとエリコのタオルが落ちたが二人は動かない。

俺も、巫女《みこ》服姿の時から大きい胸だと思ってはいた。ただ胸の大きさが解《わか》りにくい和装から解き放たれた双乳がまさかここまでとは思いもしなかった。

髪も目も肌も色素の無い、いわゆるアルビノ体質のミズキの超乳はエリコはおろか、教官やあのマーベルよりもさらに大きく、青い静脈がうっすらと浮いて見えるほど白く瑞々《みずみず》しかった。正直やばい。この時代に来てマイカとかエリコとかで大きな胸には多少慣れたような気はしていたがここまでの逸品は耐えられない。

すぐに目を逸《そ》らさないと股間《こかん》が両手でも隠しきれないレベルに達しそうだ。

ああしかし本当にミズキのおっぱいは凄《すご》い、凄過ぎる。まるで漫画のようなスイカおっぱいでありながら重力に屈さず迎合せず見事な女神の曲線を誇示したまま薄い桜色の頂はツンと上向きだ。本人の動きに合わせて胸全体がゼリーのように揺れるところなど反射的に全記憶力を結集させ総動員させてしまったほどだ。

いや、ゼリーは違う。おっぱいの揺れをゼリーだとかプリンだとかモノに喩《たと》えたり、擬態語でポヨンとかタプンとかブルンとか言うが、そのどれもが間違っている。

おっぱいの揺れは何にも喩えられない、おっぱいの揺れはおっぱいの揺れとしか言えない。それを擬態語で表すのもまた同じ、おっぱいの揺れは、おっぱいとしか表記できない。

触りたい、揉《も》みたい、挟まれたい、顔をうずめたい。他《ほか》、煩悩と同じ数だけの欲望が脳内を駆け巡り全身が臨戦態勢に入る。断言する。今、俺は完全に捕食者だ。

「せせせせせせ生徒会長、どうしてここに？」

「はい、お二人は入らないよう言われていたので、わたしがアサトさんのお背中をお流ししようかと……でも……」

震えるマイカに説明し終え、俺と向きあうミズキの頰《ほお》が赤く染まる。

「な、なぜでしょう……ここはお風呂場《ふろば》だから裸になって当然の場所なのに……アサトさんに見られるとなんだか……」

顔の赤みが、とうとう耳まで達する。

「すいません変な事を言って。大丈夫です。わたしアサトさんになら見られても平気です。だって、幼い頃《ころ》からずっとお慕いしていたのですから、お背中を流させて下さい」

ミズキは一歩進み、胸が大きく弾んだ。

「いやそんな……ッっ！！？」

ミズキのおっぱいから視線をはずそうとうつむき、気付いてしまった。

今ミズキ達三人はタオルを身につけていない。つまり……

「みんなで何してんの？　入浴剤選びにでも悩——」

ミズキとエリコを割ってアサカが登場。当然、一糸まとわぬ姿である。

千年ぶりに見る幼馴染《おさななじみ》のスベテは、俺が知る頃よりもさらに艶《なま》めかしく、魅惑的に成長していた。アサカの裸は様々な事故と不可抗力で、高校生になってからも何度も見ているが慣れるはずがない。マイカ以上エリコ未満の極乳が揺れて、アサカは正気を取り戻す。

「イヤァアアアアアアアアアアアア！　なんで！　なんでアサトがここにいるのよ！」

アサカは両手で胸や局部を隠す、という正常な反応をしてくれる。

「なんでお前まで来てんだよ！」

「だ、だってみんなしてお風呂行くから女子の時間なのかと思って」

空気を読む女子アサカの正論である。

「ではアサトさん、洗ってさしあげますね」

規格外過ぎる超乳が迫る。ミズキは一歩、また一歩と俺との距離をつめていた。

「来るなぁあああああああああ!!」

突き出した俺の両手がミズキの柔乳に喰《く》いついた。

「あん…………」

ミズキの首筋から全身へ、赤みが広がっていく。ミズキは何かに耐えるように歯を食いしばり、身をよじっている。豊満に育ち過ぎた超乳は俺の手には大き過ぎて、けど柔らかすぎるおっぱいのお肉が俺の指の隙間《すきま》から溢《あふ》れ、むにゅりと形を変えて俺の手はミズキの胸と融合せんばかりに喰《く》い込んだ。桜色の頂点が俺の手の平中央を優しく刺激する。

俺の脳内でミサイル基地が爆発。全身の血管が沸騰し骨が融点に達した。心臓が破れんばかりに暴れ回って両手が本能のおもむくままにミズキの双子山を揉《も》みしだき止まらない。

「ア、アサトさぁん……そ、そんな激しくされたら……んっ、あ……んぁん………」

理性など、ミズキに襲いかからないようにするだけでせいいっぱいだ。もう俺の両手は俺とは独立した生き物のように魅肉をこねくりまわしていく。

「こらーアサト！　あんた何堂々と……！！？？」

「そんなに触りたいなら私のを……！！？？」

「千年前はアタシの胸に夢中だったのに……！！？？」

顔を真っ赤にして俺に怒鳴る三人の顔が硬直。同時に顔の赤みは三倍にもなった。

「だ、ダメぇ……もう、立ってられ……ッ！！？？」

「え？…………！！！？？」

ミズキも硬直。沸騰した俺の脳がようやく気付いた。俺の両手は今、ミズキの神乳を堪《たん》能《のう》し尽くすのに夢中だ。つまり……俺が真下を見下ろせば、そこには男の熱き血潮と魂滾《たぎ》る剛直な志が天を衝《つ》き貫かんばかりに猛《たけ》り狂う姿を晒《さら》していた。その姿を以《もっ》て訴えかけてくる確かな決意と意志は、男の目から見ても酷《ひど》過ぎるものだった。

「のぉおおおおおおおおおおおおおおおおおおおおお!!!」

家族のマイカや敵国のマーベルに見られた時の比ではない。

ミズキは俺の通う学校の生徒会長なのだ。身近な、それも血のつながらない女子に、いや、同じ隊のエリコにも見られた。なのに、こんな状況になっても俺は醜き欲望を隠せない。隠そうにも両手がミズキのお胸様から離れてくれない。

「アサ、アササ……アサトさんそれ、あぅ」

ミズキの頭がくらくらと揺れ、前かがみに倒れて来る。

「え、ちょミズキ!?」

「「「生徒会長!!」」」

ミズキを支えようにも腰のトロけきった今の俺にそんな力は無い。慌てて止めに入ったマイカとエリコとアサカも間に合わず、さらに湯船が波打った。

「ぷは、アサトもう無理、あたまくらくらする」

「ぎゃああレジアンまでぇ!」

結局は四人まとめて俺に体重を預ける形で盛大にすっ転び、レジアンが湯船から上がり俺の顔をまたぐように立った。

「くぁｗせｄｒｆｔｇｙふじこｌｐ；＠」

目の前の光景に俺の脳が大噴火を起こす。両目が限界以上に開き閉じない。

のぼせたレジアンがふらつき、力無く俺の顔に座り込み視界と呼吸が利かなくなる。

首から上はレジアンの張りと弾力のあるお尻に。首から下はマイカとアサカの巨乳が、エリコの爆乳が、ミズキの超乳が余さず俺の胸板と両肩両二の腕に押し付けられ自己主張してくる。底なしに柔らかく、信じられないくらい弾力があり、愛おしい程に吸い付いてくる気持ち良さに全身の血液が蒸発して骨が液化した。

尻たぶで俺の目を、股間で鼻と口を塞ぐレジアンから脱出し首を上げる。するとこれまたトンデモない光景に全身の血肉が煮え滾る。

顔を動かして力ずくでレジアンから脱出し首を上げる。するとこれまたトンデモない光景に全身の血肉が煮え滾る。

マイカ、アサカ、エリコ、ミズキ、四人の顔とおっぱいが目の前にあって、四人とも爆発しそうな程赤い顔を上気させている。

加えて視界の上端に下乳が映る。どうやらのぼせたレジアンが俺の頭に覆いかぶさっているようだ。レジアンが上気した表情で俺の顔を覗き込むようにしてくる。

おっぱいだけではない、五人の体は俺の頭に、首に、胴体に、足に、全身に密着して離れないのだ。この世のどんな布地とも違う、喩えようの無い神秘の感触。女の子の肌に包みこまれながら、俺は自らの神経をカット。気絶することにした……

◆

夜、俺が布団で目を覚ますと俺は浴衣姿で、しかも確認するとどうやらパンツもちゃんと穿いている。辺りを見回すと、寝室の角で浴衣姿のマイカ、エリコ、アサカ、ミズキの四人が向かい合わせに正座して下を向いていた。レジアンは一人首を傾《かし》げている。

「なぁみんな、どうやって俺をここまで運んだんだ？」

四人の肩と頭が跳ねあがる。顔はリンゴみたく真っ赤だった。

「体は誰《だれ》が拭《ふ》いてくれたんだ？」

四人は両手で顔を隠し、頭から湯気を出す。無論、誰も俺と目を合わせてくれない。

「えっと……誰が服とか下着とか着せてくれたんだ？」

四人が爆発した。

「違うのアサトあたしは何も悪くないの!!　言いだしっぺはエリコで!!」

「君は人のせいにする気か!?　君だってアレをする時にノリ気だったじゃないか!!」

「アタシとアサトなら今更でしょ!!」

「でで、でもいくら意識がないからってアレはいくらなんでも!!　とにかくすいませんアサトさん!!　魔が差しました!!」

「私達みんなでアサトの」

「「「レジアン言うなぁあああああああ!!!!」」」

「お前ら俺が倒れている間に何したんだよ!?」

「言えるわけないでしょあんなの!!」

「言えるわけがないじゃないかあんな凄《すご》い事!!」

「子供の頃《ころ》はもっとソフトだったのに!!」

「わたしの口から言うにはあまりにも、許してください!!」

「アサト、私は言えるよ」

俺は追及を諦《あきら》める。どうせ聞きだしたところで黒歴史にしかならないのだから……

ただ果てしない喪失感と絶望感だけが俺を満たす。

「な、何落ち込んでんのよアサト！　べ、別にいいでしょ、その、あんただってあたし達の！……あたし、達の……」

マイカを皮切りに四人の顔が燃え上がり、浴衣の上から自分の体を抱いて悶《もだ》える。

二キロ先の敵を目視で狙撃《そげき》する視力と弾道を見切る動体視力で捉《とら》えた五人の裸体を、俺の数万の敵兵全《すべ》てを一瞬で暗記する記憶力で覚えてしまい、俺の目には五人の浴衣や腕がハッキリと透けて見えた。息を呑《の》むような五人の美裸体にまた俺の顔が熱くなる。すると、

「何思い出してんのよアホトぉおおおおお!!」

マイカが再構築した金属バットをフルスイング。俺のこめかみにブチこまれ、バットが跳ねかえった。

「って何で効いてないのよ!?」

「お前がバットで殴りまくるから防御力上がっちまったんだよ」

「むー！　じゃあ次は高周波《ヴァイブロ》ブレード用意するんだから!!」

「お前は俺を殺す気か！　まったく、人の体のどこで何をしていたか知らないけど人の体で遊ぶは殴るはお前らいい加減に、ってどうしたお前ら？」

レジアンを除いた四人の顔がぷるぷると震え、白い煙をあげた。

『い、言うなぁあああああああああ!!』

何故《なぜ》か無表情のままのレジアンも加わり五人の蹴《け》りが顔面にヒット、しそうになって俺はかがんで避《よ》ける。五発とも避けて、俺は鼻血を噴いて倒れた。

「おま……おまえら……浴衣だからって、パンツぐらい穿《は》けよ……」

『いやぁあああああああああああああああああああああ!!』

四人が悲鳴を上げ、頭から蒸気機関車みたく煙を上げて俺の顔を踏みつけまくる。空気を読んでか、レジアンも首を傾《かし》げながら無表情のまま俺を踏みつけて、また五人の浴衣の中が丸見えだ。あぁ、本当の本当に、千年前に帰りたい……

◆

アルタニア軍基地。そこでは明日の作戦に向けて準備が着々と進んでいた。

「以上が明日の作戦だ。つまりアーロン。貴様の仕事はこの男を殺す事にある」

「解《わか》っている。そう何度も言うな」

作戦室でアーロンはテーブルの上に両足を乗せ、イスにふんぞり返っている。

「貴様やる気があるのか！　真面目《まじめ》に聞け！」

テーブルを叩《たた》く中尉を一瞥《いちべつ》して、アーロンは目を閉じて居眠りのような姿を取る。

「でっ、オレが殺すその男は何という名だ」

「そうだったな、男がこいつだけではなくなった以上、名前が無いと呼びにくいな」

敵は地球唯一の男だったので、名前を言わずとも『男』だけで通じる。

今まで軍では名前を使わず、ただ『男』としか言わない人が多かった。

「こいつの名前は桐生《きりゅう》アサトだ」

アーロンの瞼《まぶた》がぴくりと反応して、両目を開けた。

「キリュウ？」

「うむ、千年前も日本軍に所属し、三次大戦で戦っていたらしいが、どうかしたのか？」

見れば、アーロンの口元にはうっすらと笑みが浮かんでいる。

「おい、そいつは千年前に一一分隊所属だったか？」

「一一分隊？　確かに、詳しい事は知らんが千年前、特殊部隊の第一一分隊にいたらしいな。戦闘に特化した部隊のようだが、実力は経歴など見なくても証明済みだろう」

アーロンの口元は大きく歪《ゆが》み、目が笑う。

「それはいい……」

異常とも言える歪んだ笑みを浮かべ、アーロンは喉《のど》の奥で笑った。

その姿が不気味で、中尉は振りはらうように溜息《ためいき》をつく。

「まぁ貴様の出番は無いがな。少将殿は貴様を最終兵器、などと言っているが、ようは我々が撃退された時の予備だ。貴様のような原始人の手を借りずともアサトは我々だけで――」

テーブルが天井まで飛び、中尉は壁に叩《たた》きつけられた。

顔面を巨大な手につかまれ、息が止まる。

「〜〜〜〜っっ！」

作戦室にいた衛兵達が一斉に銃口をアーロンに向ける。

手足をバタつかせる中尉を見下ろし、アーロンは嗜虐《しぎやく》に顔を歪《ゆが》めた。

「勘違いするなよ女。貴様らがオレを使うんじゃない。貴様らクソ女共をありがたくもこのオレ様の戦争に使ってやるのだ」

アーロンが少し力を入れると、それだけで頭蓋骨《ずがいこつ》は軋《きし》み中尉は声にならぬ悲鳴をあげた。

「オレを使いたければ股《また》を広げて涙を流して頼むんだな。そうすれば願い事の一つも聞いてやってもいい」

『やめろ貴様!!』

強化スーツを着た衛兵達が引き金を引き、アーロンの背中に鉄甲弾が放たれた。

今度のは非殺傷用ではない、対象を撲殺するための殺傷用鉄甲弾だ。だが、

「ガンガンとうるさいなぁ……低俗、低能！　そして――低次元!!」

中尉の頭を無造作に投げ飛ばす。人一人の体が弾丸のように放たれ、衛兵達に激突。

中尉は首をだらりとぶら下げ、目を開けたまま動かない。

作戦室が悲鳴に満たされる。アーロンは背中をぼりぼりとかきながら『ピーピーわめくな』とこともなげに言って、勝手に作戦室を出た。

その一部始終を見ていた他《ほか》の作戦メンバーの幹部軍人達は皆震え、何も言えなかった。

その中でただ一人、震えずに、だが奥歯を噛《か》みしめる軍人がいた。

地球唯一の男アサトと戦った無敗の戦乙女、マーベル・ヴォルナードだ。

防衛学園《ぼうえいがくえん》で男の強さを、勇猛さを、そして気高さを知った。

アラウビア王国では、男の優しさ、包容力、温《ぬく》もりを知った。しかし……

「なんなんだアレは」

マーベルは無意識的に呟《つぶや》き、そして息を呑《の》んだ。

「アレは、男なんかじゃない……」

◆

西暦二〇一二年。深夜、一個歩兵大隊のベースキャンプをけたたましい轟音《ごうおん》が支配した。

何事だといくつものテントから男達が出て来る。目にしたのは燃え盛るテントと味方の死体だ。そこへ一台のバイクが飛び出し、前輪で男達の顔面を轢《ひ》き叩いた。

顔面の肉を削り飛ばされ首の骨をへし折られた男達は即死だ。

バイクの騎手である少年兵は笑いながら左手のライフルで周囲の敵を正確に撃ち殺しな

がら、バイクをウィリーやジャックナイフの連続で鋼の馬として操り男達を前輪と後輪で片っ端から轢殺《れきさつ》していく。

「軍用車は敵を轢《ひ》き殺す為《ため》にあるんだぜ♪」

「なな、なんだこいつ。バイクに乗りながら銃を！」

「バイクぐらい片手で乗れないでどうするよっと♪」

叫ぶ中年オヤジを前輪で潰《つぶ》しながら近くの兵三人を続けて射殺。

「はい終わりっと♪」

狂った車輪《クレイジーホイール》・浅野達也《あさのたつや》。一一分隊機関銃手。ナンパ馬鹿《ばか》。騎乗物質全《すべ》てを統べる男。

「ククク、我が地獄の業火にて混乱した敵を討って喜ぶとは達也も子供だな。では我も千年ぶりに本気を出そうぞ」

敵兵がライフルを手にした途端、紐《ひも》で繋《つな》がった手榴弾《しゆりゆうだん》のピンが抜けて爆発。右手に包帯をした少年兵がソレに合わせて叫ぶ。

「これぞ我が力、パンデモニウム・バースト！」

魔術師《ウィザード》・柿崎錬二《かきざきれんじ》。一一分隊対空特技兵。中二馬鹿。優れた罠《わな》工作は魔法との区別不能。

「銃に頼ると銃が無いと何もできなくなる、銃を持つと銃を使った攻撃しかできなくなる。そんな不自由な体で勝てる程俺は甘くはない」

三白眼の少年兵の眼光一つで敵兵は縮みあがる。目つきが悪いとかいう次元では無い。

まるでライオンを前にしたような、生物的な強者の力をその肉体から感じてしまうのだ。

「だからお前らは弱い！」

少年兵の拳《こぶし》が敵兵の胸を穿《うが》つ。それだけで離れた敵兵達も吹っ飛んだ。

遠当て。重ねたレンガの五枚目だけを割るなど、武の達人は力の爆発点を自由に操作できるが、それでも彼ほど完璧《かんぺき》に行える者はそうはいない。

悪魔の眼《デモンズ・アイ》・須鎌雄一郎《すがまゆういちろう》。一一分隊対戦車特技兵。我慢馬鹿。武神の加護に非《あら》ず武神本人。

一部の敵兵は必死に逃げようと軍用車へ向かうが、アクセルを踏んでも何故《なぜ》かジープは動かなかった。背後を振り返り、敵兵達は心臓を止めた。

巨人がジープを持ち上げ、後輪が空を滑っているのだ。

「噴ッ!!」

腕力でジープをひっくり返され、敵兵は腰を抜かして拳銃《けんじゅう》を構える。

巨人は一人の兵の足をつかみ、タオルでも振るようにして横に薙《な》いだ。ジープに乗っていた男達は一人残らず人間で撲殺され死亡。巨人は無言のままに次の敵を目指した。

巨神兵《ギガンテス》・宗堂健吾《そうどうけんご》。一一分隊迫撃砲兵。筋肉馬鹿。象を絞め殺せる人類。

大隊長用のテントでは、軍事的貴重品を持ち出そうとした兵士達が頸動脈《けいどうみゃく》を斬《き》られて死んでいた。

「楽な仕事だぜ」

猿飛《Mr.サスケ》・猿渡門司《さるわたりもんじ》。一一分隊斥候兵。エロ馬鹿《ばか》。背景と調和する男。

「もうハンマーを抜いてしまいましたので銃は撃てませんぞ」

「なぁ！」

敵兵が自身のライフルを見下ろし眼《め》を丸くした。

「などと言っている間にマガジンも全部抜いてしまいましたが素手で戦いますかな？」

指と指の間に挟んだマガジンを地面に落とし少年兵は笑う。

早業師《ライトニング》・大丸太志《だいまるふとし》。一一分隊通信兵。二次元馬鹿。ドライバーを持って生まれた人間。

次の瞬間、敵兵の頭部が爆《は》ぜた。

他《ほか》にもベースキャンプにいる敵兵の頭は次から次に謎《なぞ》の爆発を起こして絶命し続ける。

「う〜ん、これは殺す手間が省けましたな」

ベースキャンプの外、遥《はる》か後方より、64式小銃を両手に構えた二丁小銃スタイルで小柄な少年兵が何度も引き金を引き、弾は一発残らず敵兵の顔面に直撃した。

「やっぱり自動小銃はいいね。スナイパーライフルって一回撃つたびに弾込めないといけないから大人数相手にできないもん」

鷲の眼《イーグルアイ》・小野寺広見《おのでらひろみ》。一一分隊狙撃《そげき》兵。プラモ馬鹿。必中射撃の絶対神王。

小柄なスナイパーの視線の先では、軍刀を持ったとある少年兵が敵中を縫うようにして走り抜ける。彼が通った後の敵兵は一人残らず首が落ち、逆に少年兵は無傷だった。

「戦場において剣とは敵と対峙《たいじ》するものに非《あら》ず、すれ違いざまに事を成すもの。常に動き誰《だれ》にも背を見せぬ。これぞ真の合戦剣術である！」

剣聖《ムサシ》・天道小鉄《てんどうこてつ》。一一分隊小剣銃手。正義馬鹿。世界最年少のソードマスター。

「む？　ふ、彼らは流石《さすが》だな。これは私も負けていられないなぁ！」

軍刀の速度と鋭さを増し、世界最強の剣神は敵を狩り続ける。彼が見た先では……

「ゴルァ朝徒《あさと》!!　テメェ人の獲物盗ってんじゃねぇぞ!!」

「馬鹿野郎《ばかやろう》!!　戦場は早い者勝ちだろうが!!　お前こそトロトロ戦ってんじゃねぇぞ!!」

狂犬《マッド・ドッグ》・凪本怜央《なぎもとれお》。一一分隊副分隊長。喧嘩《けんか》馬鹿。師団相手に喧嘩を売り殴り込む男。

極東の殺戮魔王《ヴォストーク・サタン》・桐生《きりゅう》朝徒。一一分隊隊長。熱血馬鹿。世界に勝った男の孫。

朝徒と怜央。二人の少年兵は銃剣付きの89式小銃で眼に付く全《すべ》ての敵を片っ端から撃ち殺しながら近づく全ての敵の喉《のど》を刺殺していく。射殺と刺殺を自在に操り遠近全ての敵を駆逐し、それでありながら二人は敵からの銃弾などは全てかわし切っている。

「テメェ邪魔なんだよあっちで戦え!!」

「ここが一番敵多いんだから隊長の俺に譲れ!!」

「我が祖国に仇成す日本兵め！　我が一撃にて」

「「邪魔だ!!!!」」

二人の拳《こぶし》で巨漢の首から上が吹っ飛んだ。二人は喧嘩を続け、喧嘩しながら敵を殺し、はたから見れば敵は二人の喧嘩《けんか》に巻き込まれ殺されているようにすら見えるだろう。

敵大隊撤退後、彼ら一一分隊は勝利の美酒に酔いしれる事はない。なぜならば……

「ふははは！　我が力の前に逃げおったわ！」

「いやいや最初に突撃した僕の功績が」

「幹部殺したのおれだしおれが一番だろ！」

「武器を無力化したのも評価して欲しいものですな」

「武器使ってる時点でお前ら一生俺以下だって」

「いや、自分こそが一番の働きをしたと自負しているぞ」

「射殺数はぼくが一番多いよ」

「ふ、誰《だれ》が一番か争うなんて兵として底が知れるよ。まぁあえて言うなら私が」

「テメェらオレ様をナメてんのか！」

そして朝徒《あさと》が、

「おいおい喧嘩するなよ。というわけで争いの種になるモノは隊長の俺が没収する。つまり一番活躍したのはこの俺という事に」

『なるかぁあああああああああああ!!!』

誰もいない戦場に、少年たちの叫びがこだまする。これが史上最強の少年兵分隊。第一一分隊全盛期の姿であり、桐生《きりゆう》朝徒がもっとも夢に近かった頃《ころ》の姿であった。

第三話　男VS男

目を覚ますと、知らない天井に視界が覆われた。俺の知らない天道家《てんどう》の寝室。左右ではマイカとエリコが静かに寝息を立てていた。俺はそっと蒲団《ふとん》から抜け出すと、部屋の外に出た。廊下を抜けて、中庭を見渡せる縁側の雨戸を開ける。

まばゆいばかりの朝日を目にいっぱい浴びて、俺の視線は千年前に向けられていた。

かつて共に戦った一一分隊の仲間、爺《じい》ちゃんは千年前に死んだ。

この世の弱き者全《すべ》てを守りたいって健吾《けんご》が言った。

誰もが自分らしくあれる社会にしたいって雄一郎《ゆういちろう》が言った。

女が好きな人と一緒にいられる世にしたいって門司《もんじ》が言った。

家族が一緒に暮らせる時代にしたいって広見《ひろみ》が言った。

誰も泣かない世界が欲しいって達也《たつや》が言った。

真の正義を成して世界を救いたいって小鉄《こてつ》が言った。

幼い命全てが人生を全《まっと》うできない世界なんていらないって太志《ふとし》が言った。

ガキ共の夢を奪う大人の傲慢《ごうまん》なんていらないって錬二《れんじ》が言った。

強者が弱者から奪わない、強者が弱者を支える未来を作りたいって怜央《れお》が言った。

爺《じい》ちゃんが言った。婆ちゃんと一緒に暮らした、そして仲間達と守ったこの日本を守りたいって。爺ちゃんのおかげで爺ちゃんの仲間の大半は戦後まで生き残った。けれど年齢的にも三次大戦が起こる時には多くの仲間が自然死していた。

何千人という仲間達一人一人の死を看取《みと》り、その家族に生前の生きざまを語り聞かせた爺ちゃん。国連と交わした条約で表舞台で戦えなくなった爺ちゃんに代わって俺は戦場で戦うつもりでいて、けど途中退場で終わった。三次大戦の結果は日本の敗北だ。

マーベルに勝利した時、俺は思った。人は過去を変えられない、だがこれからの生き方は変えられる。間違った選択や運命もその後の努力で正しかった事にできる。

この時代で仲間達との約束を果たせば二十一世紀を見捨てたのではなく、三十一世紀を守る為《ため》にこの時代に来たのだときっと思えるだろう。いや、そうしてみせる……と。

実際、俺がいなければ学園襲撃事件でマイカとエリコがどうなっていたか分からない。いや、あの襲撃事件は俺の存在が原因かもしれないが、少なくとも将来戦場に出たあの二人が生き残れる保証なんてどこにもない。

それにこの時代で生きる意味もできた。俺がタイシャクテンに乗ったアスカに勝った時、マイカが見せてくれた笑顔が頭に浮かぶ。マイカは俺が未来に来て天涯孤独かと思えばすぐ隣にいた家族だ。右も左も分からないこの時代の事を教えてくれた。最初から俺を人間扱いしてくれた。いつも俺の為に怒ってくれて、俺と一緒にいたがってくれて、俺が出撃しようとした時『危ない事しないで』って、そう言って俺の為に泣いてくれた。そして俺を守る為に撤退指示を無視して敵暗殺者に戦いを挑んでくれた。

アサカは物ごころつく前から一緒にいる従兄妹《いとこ》で幼馴染《おさななじみ》で、守る事が当然という認識で育ってきたけれど、自分の意志であらためて『この子を守りたい』と思ったのはマイカが初めてだろう。

マイカは素直でいい子だと思うし、マイカを守れるならこの時代で戦えるのは幸せな事だ。なのに、俺の胸はかつての仲間達の笑顔で満たされていた。

みんなで戦おうと誓いあった仲間達。

自分で言うのもなんだが、ミズキの言う通り、俺は仲間から信頼されていた。

小鉄《こてつ》が俺への信頼の言葉を手記に残していたと知っても、驚きよりも素直な喜びがあった気がする。だが、同時にこうも思うのだ。

——小鉄以外の八人も俺を想《おも》ってくれていたんじゃないのか？

ならば俺のいなくなった後、あいつらはきっと、いつか俺が退院する事を信じて戦っていたはずなのだ。俺が頭を撃たれて、入院しても『アサトはきっとすぐ戻ってくる』と信じて戦い続け、結局コールドスリープされた俺の帰還を待ちながら戦死した仲間達。

歴史ある神社以外はすっかり変わってしまった天道《てんどう》家に来て、もう二度とあの日々には帰れない事を再認識して思ってしまう。

「どうして……俺はこの時代に来ちまったんだ」

◆

日本へ向かう戦闘母艦の格納庫、そこでマーベルは自身の専用機、アキレスを前に葛藤《かっとう》で歯を噛《か》みしめる。

「アキレス、私達はこれから東京を襲う。兵士ではない多くの民間人が犠牲になるだろう」

当然、なにも言わないアキレス。けれどマーベルは自身の相棒に続ける。

「日本に行けばアサトと戦えるだろう、スサノオとの決着をつけられるだろう、だが……」

上層部の命令に従うのは軍人として正しい、だが関係無い民間人を巻き込む戦い方は騎士としては納得できない。

「それともこれは私の自己満足か……」

祖国の勝利を考えるならば、この作戦は実に有益なものと言える。マーベル個人の騎士道が祖国の邪魔になるなど、あってはならない。それでも……

「アサト、君がこの場にいたなら、なんと言ってくれる?」

何も言わないアキレスの胸部にそっと触れる。こんな弱気な自分は初めてだった。

全《すべ》てはアサトのせいだ。アサトに人生初の敗北を味わわされて、アサトに惹《ひ》かれて、アサトのせいでどんどん弱くなっていくのに、嫌じゃない。

そして思い知らされた。自分は独りだ。こんな時、側《そば》にいてくれる人がいない自身を顧

みて、アサトの事を夢想してしまった。

「ここで何をしているマーベル大佐」

何も言わないアキレスに代わり、格納庫のドアから上官達の声が聞こえる。

「准将殿……ッ」

マーベルは下唇を噛《か》み、握《にぎ》り拳《こぶし》を作ると、意を決して進言する。

「准将殿、本艦は今すぐ針路を近くのアジア戦線へ変えるべきです」

「貴様、何を言っている」

准将とその部下達が眉間《みけん》にしわを寄せた。

「今回の作戦の為《ため》に用意した戦力ならばアジア戦線のどこでもアジア連合軍を一掃し主導権を握れます。直接日本の首都を襲えば日本に勝てるかもしれません、ですが日本を下したとしてもまだアメリカやロシアなどの強国が残っています。たかが一国を下す為に民間人虐殺という汚点を歴史に残すことが我が国の為になるでしょうか？」

マーベルの真剣な眼差《まなざ》しに、だが准将達は怒りをあらわにする。

「今更作戦を変えられるか！　そもそも今回の作戦の最重要課題はアサトの抹殺だ！　国連など時間さえかければいつでも滅ぼせる！　だが男は、アサトだけは違う！」

「ならばアサトが戦場に出てから」

「これ以上文句を言うならば作戦からはずすぞ！」

「これは戦争ではない！　ただの虐殺だ！」

准将の拳が、マーベルの頬《ほお》を打った。

「お前ら、マーベル・ヴォルナード大佐を禁固室へ連れて行け」

准将の部下達がマーベルを拘束する。マーベルは視線を伏せ心の中でアサトに謝罪した。

◆

「以上が、桐生《きりゅう》アサトの評価です。彼は今後、本土防衛の要《かなめ》となるに十分な人材かと」

国民防衛党、政党本部ビルの最上階で、佐久間《さくま》サオリ大尉は館林《たてばやし》レイコ総理大臣を含めた各大臣達と対峙《たいじ》していた。

会議室の湾曲した長テーブルには、総理大臣を中央にして左右に各大臣達が座している。

彼女達の前に立つサオリの右隣には小宮《こみや》所長がいるが、その顔は普段の明るいものとは違い、真剣そのものだ。対する大臣達は皆、威圧的な、そして見下したような表情でサオリとカナデを見据えている。レイコ総理が口を開く。

「そうか、では彼の拘束手段についてだが」

「お待ちください総理！　拘束とはどういう事ですか!?　アサトには街へ出る許可が出たはずです。彼の功績を認め、制限を解除していくのでは」

「それはとりやめだ。外出許可は軍部が与えたもので私は知らない、男に自由はいらん」

今度はカナデが一歩前に出た。

「それはどういう事でしょうか？」

「では聞くが、君達は男がもしもクーデターを起こしたらどうするつもりだね？」

「桐生《きりゅう》アサトは国防の為《ため》に命を賭《と》す真の軍人です。クーデターなど起こすはずが」

「サオリ大尉。どこにそんな保証がある？　話を戻すが男は強過ぎるのだよ。あんなものを誰《だれ》が止める？　どうやって止める？　君のノブナガで止められるのかね？」

「そ、それは……」

サオリは言葉を呑《の》みこんだ。しばらくは互角に戦える自信はある。

だがアラウビアで戦うアサトの姿を思い出せば、勝てる自信などなかった。

「ですが強過ぎるから危険というならば私も危険なはず。そもそもアサトは戦力として必要だと思われたからこそ解凍されたはずです」

「それは君を越えるような装甲戦姫《ブリュンヒルデ》になって欲しいという意味であり、君を遥《はる》かに越える化け物になって欲しいとまでは望んでいない」

「ヨーロッパ最強のマーベルや中東最強のナイラに勝つだけなら問題無い。だが今ファラ姫の護衛を務めるアイシャがイラハスタン軍の装甲戦姫《ブリュンヒルデ》である事実は我々も掴《つか》んでいる」

サオリの顔に、僅《わず》かな動揺が走った。

「アラウビアで五〇〇〇の軍勢を滅ぼし、装甲戦姫《ブリュンヒルデ》アイシャを倒し、さらに一〇〇〇の敵を撃墜した上で装甲戦姫《ブリュンヒルデ》ナイラを倒している。装甲戦士《ワルキューレ》は二〇〇人力。装甲戦姫《ブリュンヒルデ》は一騎当千と言われるが男は一人で八〇〇〇機分もの戦力を倒した。万夫不当《ばんぷふとう》と呼ぶに相応《ふさわ》しい」

「ですからその力ならば日本を守るのに」

「その力を以《もっ》て反逆を起こしたらどうする!? 敵に寝返りでもしたらどうなる!?」

レイコ総理の語気が強まる。

「仮に男の戦力を万軍とするならば奴《やつ》が敵に回ればどうなる? この一人でも多くの戦力が必要な時期にアシガル歩兵一万人を犠牲にしろと? 装甲戦士《ワルキューレ》五〇人を殺せと? 日本国内に残る全装甲戦姫《ブリュンヒルデ》を失えと?」

他《ほか》の大臣達も顔をしかめて口々に言う。

「最強は個ではなく群でなくてはならない」

「法を犯す個人が現れても警察や軍隊といった群が鎮圧する」

「だから認められんのだよ。万軍より強い個人など、だが、あの戦力は惜しい」

今の言葉を聞き逃さず、カナデが声を張り上げる。

「その通りです！　アサト軍曹がいればアジア戦線は一気に日本国の有利になります！」

アサト一人にそこまでの重荷を背負わせる気はない。だが今はとにかくアサトの有用性をアピールしなくては。そう思い必死に主張した。レイコ総理の口が歪《ゆが》む。

「うむ、故に我らは男の戦闘力を最大限に活《い》かすべく、奴の自我と感情を消す事に決めた」

サオリとカナデの顔に驚愕《きょうがく》が走る。

「男の脳にナノマシンを注入。自我と感情を抑制し、指揮官の命令通りに動く戦闘マシンとする。防衛学園《ぼうえいがくえん》は退学。今月中に正規軍へと身柄を引き渡してもらう」

「そんな事が認められるはずがない!!」

「人権侵害に当たるとして洗脳ナノマシンの使用は法律で禁止されています!!」

大臣達は喉《のど》の奥で嘲笑《ちょうしょう》した。

「人権とは人にのみ与えられる権利。ならば男が人間でなければ人権はない」

言っている意味がわからず、サオリとカナデは言葉が見つからなかった。

「生物の定義は成長する事、代謝を行う事、子孫を産める事などだ」

「だが男は子孫を残せない」

「何を言っているんですか！　男は天然の精子を持ち、女性との間に子を生《な》せます!!」

だがサオリの叫びなど通じない。

「そう、つまり男は『子孫を産ませる能力』を持っているのであり『子孫を産む能力』はない。これは病気や障害ではなく、男、いや、雄という存在全《すべ》てに共通する事だ」

「そもそも精子は遺伝情報の運び屋。人は我ら女が持つ卵子が成長して出来上がるものだ」

「男は母親の遺伝子を持っており、その遺伝子を他《ほか》の女に伝達するのが役目」

「この世に真なる生物、人間《にんげん》とは我ら女だけ。男とはオンナが自身の遺伝子を拡散させる為《ため》に生み出した運び屋に過ぎない」

「男は白血球や赤血球などの免疫細胞や抗体と変わらない存在だ」

サオリとカナデは愕然《がくぜん》とした。こいつらの言っている言葉が理解できない。否、一片でも理解してしまえば嘔吐《おうと》しそうな程気分が悪い。目まいがして、足下がフラついた。

アサトが人間ではない。免疫細胞や抗体と同レベルの存在？　狂っている。

我々と同じように思考し、感情を持つ、とかいう次元の話では無かった。

アサトの笑顔を、涙を、叫びを、苦しむ姿を思い出す。

弱き者達を救わんと強大な敵に立ち向かい、傷付き、血を流し、それでもなお諦《あきら》めず、屈さず、果敢に挑み戦いぬいたあの優しき英雄を……事もあろうにこの女共は人間ではないと断言したのだ。サオリは心の中で何度も誰《だれ》かに問うた。

なんなんだこの大人共は……この権力者共は……アサトは、あいつは……

カナデに見せてもらった一一分隊の記録。アサトの戦果を思い出して、頭の中がぐちゃぐちゃになって、サオリの涙腺《るいせん》が熱を帯びた時。けたたましい轟音《ごうおん》が響き渡った。

「な、なんだ!?」

大臣達が慌てて立ち上がり、窓に駆け寄り息を呑《の》んだ。

そこには、虚空から姿を現す五隻もの巨大母艦の光景があった。

透明人間が姿を現すように、先端部から色を得ていく母艦。

それはまさしく、二か月前に防衛学園を奇襲したアルタニアのソレに相違ない。

だがソレが、今回は五隻だ。空母のハッチが一斉に開き、闇《やみ》の奥で量子の光が輝く。

次々に再構築されていく自律兵器の群れ、群れ、群れ。

五隻の空母から無尽蔵に自律兵器と量産型軍事甲冑《かっちゅう》が溢《あふ》れだし東京の街へ広がっていく。

眼下の街は一瞬で阿鼻《あび》叫喚《きょうかん》の地獄絵図と化した。

地面は人々の血と臓物で真っ赤に染まり、空中道路は落ち、車は鉄くずとなり辺りを転がっている。まるでおもちゃ箱をひっくり返したところに赤いペンキをぶちまけたような。

そんな混沌《こんとん》とした地獄に東京が塗り潰《つぶ》されていく。

すぐに武装警察の警備甲冑と東京防衛部隊の軍事甲冑が出動してきたが圧倒的に数が足りない。大臣達はたちまち腰を抜かし顔から血の気が引いていく。サオリは叫ぶ。

「くそ！　連中ついに首都を……CTGは、セントラル東京ガーディアンはどうした!?」

窓の外を見渡すが、量産機のアシガルばかりで、高機動機のセンゴクはほとんどいない。

「あいつらは何をやっているんだ！　この状況を見れば命令がなくとも。仕方ない、総理、すぐにCTGへ治安出動要請を!!」

凛々《りり》しい声を張り上げるサオリ。だが総理は既に軍へさらなる応援を要請している。

「そうだ！　残りの全部隊も出動させろ！　警察の警備甲冑も全《すべ》て出動させるんだ！」

サオリが安堵《あんど》して、だが……

「基地の警備はCTGに任せればいい、とにかくCTG以外の全部隊を出動させろ！」

◆

街を一望できる神社の境内から、アサトは街の様子に我が目を疑った。

「数が違い過ぎる！　なんで援軍が来ないんだ。まさか通信網を遮断されているのか！　マイカ、基地に直接連絡してくれ!!」

「解《わか》ったわ！　アサト、早く帰ってきなさいよ」

「おう！　スサノオ再構築!!」

アサトがスサノオを装着した状態で再構築すると、アサカが叫ぶ。

「待ってアサト。あんた何しに行く気よ！」

「何って戦いにだよ。あの状況見れば解るだろ？」

「でも出撃命令出てないじゃない！　アサトはまだ学生なんだから大人に任せれば」

マイカがアサカの肩を引いて、アサトとアサカの間に割って入る。

「早く行ってアサト」

力強く『ああ！』と答えて、アサトはフルバーストで飛び出した。

「なんで止めるのよマイカ！」

アサカを無視して、マイカ達はＬＬＧで軍施設に連絡。慌てながらも状況を説明するが、

『悪いがそこは我々の管轄外だ』

「管轄とか言っている場合じゃないでしょう！」

『なんと言われようが我々がここを離れれば手薄になったここから敵が攻め込んでくるかもしれん。そこはCTGの管轄だろう』

一方的に通話を切られ、マイカはエリコとレジアンへ振り返る。

「ダメだ。そのCTGに電話をしたが出動許可が下りないと動けないの一点張りだ」

「こっちも、ダメ……」

三人は必死に神奈川《かながわ》、埼玉《さいたま》、千葉《ちば》などの基地に連絡をするがどこも動いてはくれない。

だが向こうの言い分も間違ってはいない。

マイカ達は知らない事だが、今の日本は必要最低限の人員しかいない。神奈川の兵士を東京に送れば神奈川はもぬけの殻も同然。そこへ敵が攻めてきたら、むしろそれが敵の狙《ねら》いだったならば大変な事になる。何よりも東京には最強のエリート精鋭部隊CTGがいる。

そのCTGを使わず、余所《よそ》の戦力を使おうなどできるはずもない。

「ああもうなんなのよあいつら！」

「いくらアサトが強くても身は一つ、守れる範囲には限界がある……」

「今連絡しました」

振り返ると、柔和な、落ち着いた笑みを浮かべる生徒会長、天道《てんどう》ミズキの姿があった。

「連絡したってどこにですか、CTGだって動いてはくれないのに」

「はい、だから確実に動いてくれるところに連絡いたしました」

「人の話聞きなさいっ!!」

アサカは、両手の拳を震わせて怒鳴った。

「あんたら、アサトが今までどんな目に遭って来たと思っているの！　それをあんたら、まだ子供のくせに……なのにあんたらどれだけあいつを追い込む気よ!!」

涙混じりの声で、アサカは語る。

「女しかいない時代に生まれたあんたらには解らないのかもしれない、あいつのアレは！　女子供を守る為の技なの！　あいつが！　あいつらが千年前どんな思いで……」

アサカはエリコのむなぐらをつかむ。

「現実離れし過ぎて、ばかばかしすぎて信じてくれないかもしれない、でもアサト達は本気だった……女を、子供を、弱い人全てを守る為に戦争を終わらせようって、自分達だってまだ子供のくせに……」

「き、君は何を言って。女殺し？」

「あんたにアサトが今までどんな目に遭って来たと思っているの！」

「アサトに女殺しをさせる気なの！」

その時、アサカの頬を、マイカの右手が叩いた。

「っっ」

マイカを見ると、彼女は毅然とした顔でアサカを見据えている。

「何が幼馴染よ、何が〇歳から一緒よ、あんた、アサトの事何も解っていないじゃない！」

言われて、アサカは声を張り上げる。

「フザケないでよ！　この世にねぇ、アタシ以上にアサトの事を理解している人なんて」

「じゃあアサカは戦場で戦うあいつを見たことがあるの！」

言葉に詰まる。アサカは、出兵した後のアサトを知らない。アサトの帰りを日本で待ち続けていた。けれど今、敵兵を殺す為《ため》に磨いた技で女殺しをさせられているのは事実だ。

「なら見せてあげる。あいつの信念をね！」

◆

「雄雄雄雄雄雄雄雄雄雄雄雄雄雄雄雄雄雄雄雄雄雄雄雄雄雄雄雄雄雄雄雄雄雄雄！！！」

電磁投射小銃《ローレンツ・ライフル》と電離分子小銃《プラズマ・ライフル》、そして両肩のミサイルランチャー、全武装をフルオートで弾をバラまき敵を駆逐していく。

日本軍は壊滅済みだが、俺が現れると、途端に空の敵が地上への降下を中止、攻撃が俺へと降り注いだため、街への攻撃は緩まった。センサーによれば敵の数は三〇万以上。

だがこれだけ敵がいると同士討ちを恐れて誰《だれ》も射撃攻撃はできないし、敵が何万人いようが面積の問題で一度に襲いかかれるのは八機程度、接近戦《CQB》も楽勝だ。

俺の脳は両手両肩、武器全《すべ》ての砲門を独立させたように動かし、使い切る。

連射力は低いが威力のある電離分子小銃《プラズマ・ライフル》を近づく敵に片っ端から撃ち込み撃墜。

連射力の高い電磁投射小銃《ローレンツ・ライフル》は弾幕を張り、編隊を撃墜。

さらに敵が多く固まっている空間には肩のミサイルを撃ち込んで撃墜。

「数が仇《あだ》になったな。俺に数の利は効かない。俺を殺したかったら少数精鋭で来な!!」

俺の叫びに敵兵が怯《ひる》んだ。万軍を相手に少数が勝てるマジックのタネはまだある。

それは、軍勢は多ければ多い程誰《だれ》も自分から敵に向かって行かない、だ。

万の自律兵器と万夫不当《ばんぷふとう》の俺が戦うこの乱戦に巻き込まれれば死ぬのは必然。誰もそんなところへ跳びこんで行きたく無い。

事実、先程から俺に向かってくるのは九割が自律兵器で、人が乗った軍事甲冑《かっちゅう》はただ遠巻きに見ているだけだ。人は数が多い程責任感が薄れ人任せになる。

自軍が多ければ人は油断する。今回は勝ち戦だと、無傷で帰る事を前提に考え楽をしようとする。戦争による集団心理は古代から一歩も進んでいない。とはいえ感情の無い自律兵器だけでもかなりの数がいる。このままでは弾切れだが、母艦は未《いま》だ健在。自律兵器と軍事甲冑兵を吐き出し続けている。

俺はバックブーストで背後に飛びながら敵雲から出る直前、前方の敵目がけて両肩の陽電子砲《ポジトロン》を手に構え撃った。みるみる離れて行く敵雲で巨大な爆発が起こる。

今の爆発でスサノオの総撃墜カウンターが六万を超える。

敵雲から離れると一斉射撃を喰《く》らうため、陽電子《ポジトロン》の爆発が収まると同時にＳ　Ａ　Ｓ《スーパー・アクセラレイション・システム》でゼロ秒加速をして敵雲に飛びこむ。

敵が同士討ち覚悟で俺に銃口や砲門を向けて来た。そして予想通りに万軍は一斉に同士討ちをして、俺が撃墜する分を含めて、敵軍の減少速度が倍化する。

スサノオは世界最速に加えてＳ　Ａ　Ｓ《スーパー・アクセラレイション・システム》のゼロ秒加速のおかげでトップスピードを維持したままゼロ秒で直角カーブすら可能にする。

最速故に誰も俺の姿を捉《とら》えられない。

捉えても狙《ねら》えない。

狙って撃っても当たらない。

最速故に最強。どんな攻撃も、最速の前にはただ黙って死ぬしか無い。

それこそが小宮《こみや》カナデ所長が作った世界最強の軍事甲冑、スサノオなのだ。

結果、敵軍は一発も俺に当てる事無く、撃った分だけ味方を殺すハメになっている。

敵雲の中で全武装フルオートによる最大攻撃をバラまき毎秒三〇〇機以上の敵を撃墜。

エネルギーが溜《た》まると距離を取って陽電子《ポジトロン》砲を叩《たた》き込む単純なルーチンワーク。

同士討ち覚悟で俺を殺しにかかってくれるおかげで同士討ちも多数。俺が撃墜した敵機を含めればすでに二〇万以上の敵が鉄くずと肉塊に帰した。

「数だけ揃《そろ》えればいいってもんじゃないんだよ。互いに互いの動きを悪くして同士討ちして逆にこっちはどこに撃っても敵に当たる」

自律兵器群が固まり、肉の壁ならぬ鉄の壁になって襲い掛かる。速さに関係無くかわせない攻撃とでも思っているのか。

「だからそういうのが一番っ」

　早撃ちガンマン顔負けの手さばきでライフルをフッシミとハバキリに持ち替え連結。ナイラのギルガメスすら一撃で倒したアラマサモードを起動した。

「まとめて倒しやすいんだよぉ!!」

　アラマサを先頭に飛び敵軍に風穴を空け、振り向きざまに陽電子砲（ポジトロン）を撃ち込んだ。まったく学習しない連中だ。撃墜数はすでに馬鹿（ばか）らしくて信じられないレベルに達している。

　すると、眼下の敵が俺を追わなくなった。かわりに向かって来る。こちらに向かって来る装甲戦士（ワルキューレ）を四〇〇人も動員すると軍事連合の高機動機が八〇機ずつ発進。高機動機乗りである装甲戦士（ワルキューレ）を四〇〇人も動員する量産機兵と自律兵だけではなく、高機動機乗りである装甲戦士（ワルキューレ）を四〇〇人も動員すると
は、どうやら敵は本気で俺を殺しに来ているらしい。陽電子砲（ポジトロン）もオロチノアラマサも今使ったばかり、すぐには使えない。だが、

「最高のタイミングでも俺に勝つには程遠いな……」

　俺は左手に高周波刀フッシミ、右手に電離分子剣（プラズマ・ソード）ハバキリをそれぞれ握り込み、ＳＡＳ（スーパー・アクセラレイション・システム）で一気に空を駆け抜けた。

　四〇〇人もの精鋭部隊は俺に銃口を向けていたが引き金を引く前に接近。三八人を斬（き）り伏せた。世界最速を誇るスサノオのフルバースト。その速度は中東最強の装甲戦姫（ブリュンヒルデ）、ナイ

ラでさえ追い切れなかった程だ。装甲戦士《ワルキューレ》達は混乱。俺はそのまま六〇人斬った。

装甲戦士《ワルキューレ》達は連係も取れないまま斬られ続け、射撃戦を取ろうと一部の兵が離れた時は既に残り九四人。連中が銃を構える前に五〇人を通り過ぎざまに斬り倒した。

残る四四人は背を向けて母艦へ逃亡。全員に背後からライフルを浴びせブーストを破壊。飛行能力に障害を残すと俺は振り向き、待機中の敵群衆に向けてダブルで陽電子砲《ポジトロン》を発射。

敵は味方が多過ぎて回避しきれず多くの犠牲が出た。ここまで来ると、おそらく雑兵は俺の体力と精神力、そして武装の消耗が目的なのだろう。だとすると装甲戦士《ワルキューレ》の次は。

『よくぞやったな地球唯一の男、桐生《きりゅう》アサトよ』

突如母艦の一隻から謎《なぞ》の女性の声がした。この間、敵は誰《だれ》も俺に攻撃をしてこない。

『貴君をおびき寄せる為《ため》に東京を襲撃。見事貴君は釣れたがワルキューレ四〇〇人を撃退するとは恐れ入ったぞ。私は南米ブラジエラの装甲戦姫《ブリュンヒルデ》にして装甲戦姫《ブリュンヒルデ》隊の筆頭』

妙に芝居がかった喋《しゃべ》りだった。そして。

『ジュリア・バロスである！　今度は我らが相手になろうではないか!!』

一隻の母艦の天井から、一人の女性が現れた。

長身で黒髪の白人女性だ。その美貌《びぼう》と見事なプロポーションはマーベルにも匹敵しそうだ。次の瞬間、母艦の天井が開き彼女の左右から、そして他《ほか》の母艦の天井にも次々パイロットスーツを身にまとった女性達がエレベーターにでも乗ってくるように姿を現した。

その数ざっと二〇人。ナイラもいた。

俺がまさかと思うと同時に、彼女達はLLG《ラディウス・ノヴァ》の画面を展開し、言った。

「ロスタム再構築！」

「ハーリド再構築」

「サラディン再構築」

「ギルガメス再構築！」

「ゴッドレオ再構築」

「マスターエレファン再構築」

「ロードクロコディル再構築」

「モナルクイーグル再構築」

「カコウトン再構築」

「テンイ再構築」

「ガクシン再構築」

「リョフ再構築!!」

「メテオケファロ再構築!!」

「トライホーン再構築」

「パンツァーステゴ再構築♪」

「カイザーレックス再構築!!」

「ヴラド再構築」

「ゴリアテ再構築」

「スパルタクス再構築」

「ペルセウス再構築」

　俺の予想通り、装甲戦姫隊《ブリュンヒルデ》だった。だが俺はヨーロッパ最強のマーベルと中東最強のナイラに勝っているし、ナイラに至ってはその前にアイシャの操るエンキドゥと戦い連戦だった。だから装甲戦姫《ブリュンヒルデ》が何人かでまとめて掛かってきても勝てる自信があったが……

「……いくらなんでも……多過ぎじゃないか？」

　最初に現れた女性。今では赤いティラノサウルスのような甲冑《かっちゅう》、カイザーレックスとやらをまとったジュリアが一歩進み出て偉そうに胸を張った。

「知っているぞ。貴君はアラウビア王国で五千の軍勢を倒した後、自分を倒したかったらその一〇〇倍持ってこいと言ったそうだな。故に用意させて貰《もら》った。今日ここには量産機兵と自律兵器合わせて九〇万。二〇〇人力と言われるワルキューレを四〇〇人、そして一騎当千と言われるブリュンヒルデを二〇人。計一〇〇万人分の戦力を集結させた、では」

　一〇〇万。それは今、日本が抱えている全兵士数の二倍だ。俺は確信した。もしも俺がここで負ければ、彼女達はそのまま東京を、そして日本を滅ぼすだろう。

二〇人全員が一斉に武装を再構築。そして叫ぶ。

『フルバーストーッ!!』

二〇人が一斉砲撃を開始した。俺は装甲戦士達《ワルキューレ》にそうしたようにＳＡＳ《スーパー・アクセラレイション・システム》で攻撃をかわしつつ接近しようとする。だが彼女達の射撃能力は装甲戦士《ワルキューレ》のはるか上。今度はそう簡単には近づけず、かわすだけでせいいっぱいだ。

一部の甲冑《かっちゅう》が飛翔《ひしょう》。援護射撃を受けながら武器を構えて俺に近づいて来た。

「メテオストライク!!」

石頭恐竜、パキケファロサウルス型と思われるメテオケファロが巨大ドリルを構え突進。なんなくかわすが、今度は三本のパイルバンカーがついた盾を構えトリケラトプス型と思われるトライホーンが突貫。

それもかわすと今度はリョフ、テンイ、ガクシン、カコウトンの四人が高周波槍《ヴァイブロ・スピア》で四方から襲い掛かる。

前後左右から襲い掛かる槍撃を両手のフッシミとハバキリで捌《さば》き切り、弾《はじ》き、受け流す。

突然四人がバックブーストで距離を取り、同時に高速回転する三本の槍が飛んでくる。

「串刺《くしざ》しになるがいい！」

三本とも剣で弾くが、槍は高速回転を続けて切り返し、再び襲い掛かって来た。どうやらアルタニアのヴラドが操っているようだ。

「生憎《あいにく》アラウビアで邪悪でない証明もらったばかりでね。串刺し公ヴラド・ツェペシュにだって串刺しにされる覚えはねーよ!!」

回転槍をかわし、だが眼下からロスタム、ハーリド、サラディンの銃撃が襲ってきた。

回避行動を取ると今度はゴッドレオ、ロードクロコディル、モナルクイーグル、スパルタクス、ゴリアテが爪《つめ》や剣、槍で斬《き》りかかり、俺の体が重くなる。

比喩《ひゆ》では無く、突然超重力に捉《とら》えられた俺の動きが鈍化。五人の斬撃《ざんげき》をみすみす喰《く》らい、墜落した。途中、体勢を整え重力圏から脱出。マスターエレファンの尾翼が怪しく光っているのを見逃さない。

「お前の仕業か！」

電離分子小銃《プラズマ・ライフル》を五連射。だが弾は全《すべ》てパンツァーステゴに防がれた。ステゴサウルスを模した甲冑の周囲には常に何枚ものシールドパーツが漂い、射撃攻撃を防いでしまう。

背後からカイザーレックスとペルセウスが襲来。俺は完全に不利になっていた。

敵はたかが二〇人。だが全員装甲戦姫《ブリュンヒルデ》。射撃特化型の甲冑達の精密射撃と弾幕に躍らされ、近接特化型の甲冑達と多対一の勝負を強いられる。

フルバーストのスサノオがＳＡＳ《スーパー・アクセラレイション・システム》を使い。俺が全力で戦い。それでなお敵の有利だった。

俺は何度も弾丸を浴び、装甲を切り裂かれ、爆発の衝撃で血を吐いた。

「神王の大波《エンリル・ファヤダーン》」

頭上からナイラの乗るギルガメスが特大の破壊光線を全身から放出。俺の視界はプラズマの光に奪われ、意識が遠のいた。

◆

二〇一二年一二月二一日から二三日の間に、人類は滅ぶと言われた。それはマヤの遺跡に記される暦から推測されたらしいが、人類は二〇一三年を迎えた。

そして二十一世紀、調査隊は新たに発見された、その壁画に言葉を失った。

「教授……これは、軍神ウィツィロポチトリですか？」

「いや、ウィツィロポチトリは槍《やり》と盾を持った姿で描かれるが」

壁画に記された眠る男、その周囲には無数の、おびただしい数の槍、剣、斧《おの》、盾などの武装が描かれている。

「これはウィツィロポチトリよりも高位の存在、大軍神の封印か永眠を表したものだろう」

「教授、もしや二〇一二年一二月で暦が終わっているのは……」

「ああ、世界の滅亡ではなく、彼、大軍神の終焉《しゅうえん》を表しているのかもしれん」

「第三次世界大戦中……それほどの偉人が死んだと？」

「ああ、もしもそうなら、その人物が生きていれば、あの戦争の結果は変わったのかもな」

◆

「くそっ!!」

墜落するスサノオを見て、サオリは防弾窓ガラスを叩《たた》いた。

「何故《なぜ》CTGを出動させない!!　こういう時の為《ため》の首都東京防衛特殊部隊だろうが!!」

サオリは大臣達に詰め寄るが、皆恐れおののき、身を寄せ合っている。

「ば、ばかもの、CTGの治安出動などしてみろ！　兵が死んだら責任問題になる！」

「なんだと？」

レイコ総理は言う。

「私の要請で出動してCTGが死んだら私が責任を問われる。そんな事になれば傷付いた私の名誉を誰《だれ》が保障してくれる。名誉毀損《きそん》もいいところだ。防衛大臣、お前が要請しろ！」

「わ、私ですか!?　いや私より君が」

防衛大臣はまた違う大臣を指差し、その大臣もまた別の大臣へ押し付ける。

しまいには誰もが『私は地方視察中だこの場にはいなかったんだ、全《すべ》ては私のいない、知らないところで起きた事だ。私ではなくお前が出動要請をしろ』と叫び合っている。

サオリは怒りと一緒に情けなさと、悔しさがこみあげてくる。

こんな連中がこの国をしょって立つトップ達であり、自分は今までこんな連中の命令で動き、戦っていたのかと思うと震える拳《こぶし》に力が入り過ぎて手に血がにじんだ。

「このクズ共が!!　もう貴様らには頼まん！　役立たず共は引っ込んでいろ!!」

サオリはLLGで元クラスメイトのCTGメンバー、工藤《くどう》ミズナに連絡を取る。

画面に顔色の優れないミズナが映る。

「おいミズナ!!　今の東京の状況は解っているだろう!!　何故出動しない⁉」

「な、なんだよサオリ急に、出動の要請権限を持つ大臣達からは要請が無い。つまり何か考えがあるんだろう。そもそも我々は出動の要請が無ければ動くことが」

「東京がピンチなんだぞ!!　軍人ならば独断行動で民間人ぐらい守れ!!」

「上からの命令がなければ無理だ!　民間人を助けられても処罰されるのは我々なんだぞ!　無責任な事ばかり言うな!!」

　青ざめ、必死に言い訳をするミズナ。大臣達同様、保身のことしか頭にない彼女にサオリは頭の血管が切れそうになるが、それ以上に、思っていた通り過ぎる事に腹が立った。

　静かな怒気と一緒に、サオリは言葉を漏らす。

「やはりそれがCTGの本性か、それでもいざとなればと期待した私がバカだったよ……ッ、この偽りのハリボテ部隊が!!」

　ミズナは何も言い返せず、口を引き結び、視線を逸らす。

「偽りの、ハリボテ部隊?」

　不思議そうに眉根を寄せたのか、大臣達と一緒に来ていた彼女達の秘書達も、渋い顔をして必死に言い訳を考えている様子だ。対する大臣達はいかにも気まずそうな、渋い顔をして必死に言い訳を考えている様子だ。対する大臣達はいかにも気まずそうな、

「そうか、お前らは知らないのか、ならいい機会だ教えてやる」

「サオリ大尉！」

レイコ総理の制止も聞かず、サオリは語る。

「首都東京防衛が任務のセントラル東京ガーディアン、通称ＣＴＧというのはただの名誉職、あいつらはもの凄《すご》く弱いんだよ‼」

「⁉　で、でもＣＴＧは優秀な兵が集まった精鋭部隊って」

「ああそうだ、学校の成績が優秀な連中が集まっている」

サオリは眉間《みけん》にしわを寄せる。

「今は戦時中、子供が国防の為《ため》に働けば親は体裁がいい。メンツにこだわる権力者連中は子供が二人いれば一人は軍事学校へ行かせる事が多い。だが自分の可愛《かわい》い娘を危険に晒《さら》したくないし娘本人も危険な殺し合いなんて御免。そこで目を付けられたのがＣＴＧだ」

五年前の事を思い出し、サオリは握《にぎ》り拳《こぶし》を作る。

「軍部も有力者の娘を戦死させるわけにはいかないからな、軍事学校卒業後、成績優秀な生徒のうち、金持ちや権力者の子は安全で快適な国内東京勤めのＣＴＧに、庶民の子は戦場の最前線に送りこんだんだ！」

大臣達の顔は青ざめ、秘書達は目を見開いて息を呑《の》んだ。

「首都防衛も戦場最前線も成績が優秀ならば送られて当然、正当性抜群で誰《だれ》も文句は言えん。だがアジア戦線は大陸が主で日本国内での戦闘は皆無。連中はただ安全な東京で威張りサバイバルゲーム染みたお遊び訓練をしているだけでも首都防衛という耳当たりの良い肩書を持っている。親や自分のメンツを守り甘い汁を吸うには好都合。だがその実態は学校のシミュレーション訓練とペーパーテストの点が高いだけで実戦経験の無い甘ったれの箱入りお嬢様部隊なのだ!! そうだなミズナ!」

通信を繋《つな》いだままの画面の向こうで、ミズナは歯を鳴らして震えていた。

「お前は一度でも実戦をした事があるか! 人を殺した事があるか! 言ってみろ!」

「ぐっ!」

通話を一方的に切られ、LLG《ラディウス・ノヴァ》の画面が消えた。この場においてそれは肯定も同然だ。

「戦うのが怖いと動かない特殊部隊に保身の為《ため》に国民を見捨てる政治家。本当にお前らはクズの集まりだな」

サオリに睨《にら》まれ、大臣達は縮みあがるが、急に一歩二歩とあとずさる。

「で、では我々はこれで」

「今私は地方視察中でこの場にはいない」

「失礼させていただく」

「あんな連中でもいないよりはましだ、早くCTGを動かせ!! 見た限り出動した部隊は全滅、本当に東京が滅びるぞ、東京が滅びればお前らの地位も無事では済まないのだぞ!!」

サオリの怒号で大臣達は足を止めるが顔つきは変わらない。

「なな、何を言っている。だからすでに男が戦っているではないか」

「その通り、男に任せておけばCTGを動かさなくても」

「アサト一人に全《すべ》て押し付ける気か!?」

言われて、大臣達は無理のある愛想笑いを浮かべて視線を逸《そ》らす。

「そうではない、これは信頼だ、我らは男の強さに全幅の信頼を寄せているのだ」

「だから今度もきっと大丈夫だろう、男に任せておけば平気だ」

沸点に達していたサオリの魂が、ついに爆発した。

「この腐れ外道どもが!!　都合の悪い事を他人に押し付け逃げるしか能が無いのか!!」

そこまで言われて、今度はレイコ総理が怒鳴る番だった。

「黙れ!　我々は貴様の倍は生きているのだぞ、貴様のようなたかだか二三の若造に何故《なぜ》そんな事を言われなくてはならない!　口を慎みたまえ!!」

「その二倍の人生で貴様らが覚えたのは前途ある若者を犠牲にし己だけが助かる害悪だろうが!　そういうのを世間では老害と言うのだこの寄生妖怪《ようかい》共が!　違うと言うのならば言って見ろ、貴様らが国民の為にしてきた事をな!!」

「に、日本国民の未来を憂い身を粉にして働いてきた我々になんということを――」

「アサトを見てもそんな事が言えるか!!」

サオリは窓の外の戦場を指差し、声を張り上げる。

「アサトの千分の一でも国を憂いたか⁉　アサトの万分の一でも身を粉にしたか⁉　戦力が足りないんだ早くCTGを動かせ！　援軍を出動させろ‼　アサトを助けろ‼」

「だが何も私でなくてもいいだろう。おいお前がCTGに要請を」

　再び始まる押し付け合い。サオリは会議室のテーブルを蹴《け》り飛ばし、壁に叩《たた》きつける。

「あいつが今誰《だれ》の為《ため》に戦っているか分かっているのか⁉　貴様らの為だぞ！　まだ一七歳の少年が！　本来なら普通の高校に通い、友達と楽しい思い出を作っているはずの子供が貴様ら大人達を守る為に苦しみながら血を流しているんだぞ！　なのにどうして貴様らはそうやって責任のなすりつけ合いしかできないんだ⁉」

「だ、黙れ、私の責任問題になったらどう責任を取ってくれるんだ！　それに我々を守るのが貴様ら兵隊の仕事だろう！　その為に高い給料や危険地手当を払ってやっているんだ、私達を守るために戦うのは当然の義務であろう！　それを何を偉そうに！　それよりも先程からの君の発言は軍法会議ものだぞ！　君も今の地位を失いたくなければばっっ――」

　サオリの拳《こぶし》がレイコ総理の顔面を打ち抜いた。鼻から血を噴き出し、日本の総理大臣が床に倒れる姿に、他《ほか》の大臣達は小さな悲鳴を上げる。

「貴様は‼　日本の恥だ‼‼」

　鼻を押さえ、レイコ総理は立ち上がると開き直ったように叫ぶ。

「黙れ黙れぇ！　自分が一番可愛《かわい》くて何が悪い！　自分の意志は自分のもので自分の幸せ

を追求して何が悪い！　自分の保身を考えて何が悪い！　自分の事を一番に考えて自分が大事で自分が可愛《かわい》くて自分を守る為《ため》に自分の行動をして何が悪い！」

「貴様……」

「まちがってなあああああああああああああああい！」

スサノオに乗ったアサトが防弾窓ガラスを破り突っ込んで来た。

有事の際には電子分離装甲《プラズマ・シールド》で守られるこの建物を突き破ったということは、余程のスピードで叩《たた》きつけられたのだろう。

口と額から血を流すアサトが立ち上がると、大臣達は誰《だれ》もが口を閉ざして身を固くした。

「貴方《あなた》は間違っていません！　誰だって自分の身が一番大事に決まっています！　他人の為に戦って死んだら丸損です！　みんなが幸せなら私はどうなってもいいんですなんて頭のイカれた奇特な聖人君子野郎や自分はみんなを守るヒーローだと思いこんでいる誇大妄想野郎じゃあるまいしどうぞ皆さんはさっさと自分を大事に自分の保身の為に早く逃げてください！　それでいいんです、それが正しいんです、それが普通なんです、だって生き物なのだから、貴方方は正義を謳《うた》った下手な三文小説の物語を進める為のご都合主義にまみれた人形キャラじゃない！　現実を生きこれからの自分の人生の幸せを計算していかなければならないんですから！　いいですか、よく覚えておいてください！　人間なんてものはね、誰かの役に立つ必要なんてないんですよ！　人は、他人の迷惑にさえならなければ何をしたってどう生きたっていいんです！　だから早く逃げてください、だって貴方方は全員『民間人』なのだから！　そして」

アサトは再び敵へ向けて飛び立つ。

「俺は男で兵隊だぁあああああああああああああああああああああ！！」

アサトは二〇人の装甲戦姫《ブリュンヒルデ》達相手に孤軍奮闘し、なおも諦《あきら》めずに戦い続ける。

その姿を見てサオリの口からは、かつて母から言われたとある言葉が漏れた。

「民間人の仕事は生きる事。軍人の仕事は戦う事……か、カナデ、私はノブナガで出る」

唖然《あぜん》としてアサトを眺める大臣達を一瞥《いちべつ》し、

「貴様らはそこで一生腐り続けているがいい」

サオリがＬＬＧの画面を展開し、ノブナガを再構築しようとした時。

「待ってサオリ！　あれは、まさか…………」

「どうしたカナデ……!?」

サオリとカナデは、外の光景に愕然《がくぜん》とした。何故《なぜ》なら、そこには……

◆

現状をまとめる。今、東京では多くの敵軍が破壊活動と殺戮《さつりく》行為を行っている。その上空では俺が二〇人の装甲戦姫《ブリュンヒルデ》と戦い、その戦いを取り囲むようにして無数の敵軍が空中で待機し、遠目には黒い雲に見えるだろう。俺は一秒でも早く、装甲戦姫《ブリュンヒルデ》と敵雲を掃討し、

地上の敵を駆逐して人々を救わなくてはならないのだが、

「ぐぁ！」

俺は装甲戦姫《ブリュンヒルデ》達に叩《たた》き落とされ、地上に激突……せず、日本の量産機アシガル達に受け止められた。決してCTGではない。

何故《なぜ》ならクリアモードを使う彼女達の顔は年若く、可愛《かわい》らしい少女のものだ。そして、

「間に合ったねアサト君、ここはあたしたちに任せて♪」

「あたし達の日本を好き勝手にはさせないのですよ」

「アサト程じゃないけど、あたしらも行くぜ！」

レーダーに映る味方機の反応は約一五〇〇機。その数と彼女達の容姿で俺は気づいた。

「お前ら……」

突如として現れた二個歩兵大隊分の戦力に敵が困惑する中、少女達はやや緊張した面持ちで息を吸い込み、自身を鼓舞するように声を張り上げた。

『防衛学えええええええええええええええええんFIGHT《ファイッツ》!!!』

そこにいたのは、まぎれも無く、俺が通う防衛学園《ぼうえいがくえん》の全校生徒達だった。

「ここは危険だすぐ逃げろ!!　相手は大人のプロ軍人だぞ！　みんなの敵《かな》う相手じゃ」

「四月に一人で勝手に出撃した人には言われたくないね」

「あたしらだって軍人だよ、仲間を守るためなら、命ぐらい張らないとね」

「それともアサト君は、敵が強いからって逃げるの？」

その言葉が嬉《うれ》しくて、俺は無言になると、覚悟を決めて通信を全味方機に開いた。

「これより完全防衛戦を行う！　全員電離分子装甲《プラズマ・アーマー》を最大出力にして一〇人ひと塊になって行動、これは絶対だ！　一年生は市民の誘導と救助、地下へ誘導しろ！　二年生は敵を引きつけ作戦行動を妨害！　三年生はこれ以上戦場が拡大しないよう周囲三キロを封鎖、外に出る敵は全員撃墜！　北を一組が守り八方位を時計回りに防衛、九組十組は二年生の援護！　交戦方法は俺が用意した防戦マニュアルを送る、全員この通りに行動しろ!!」

それから俺は二年生達に詳しい作戦内容と担当区画を指示。とっさの判断と作戦内容に誰《だれ》もが目を丸くした。

「そして最後に命令だ!!　誰一人として俺の許可なく死ぬ事は許さない!!　全員必ず生きて帰るぞ!!　俺達が死ぬにはまだ早い!!」

『おおおおおおおおおおおおおおおおおおおおおおおおおおおおおおおおおお!!』

一五〇〇人の学生、未《いま》だ戦闘経験の無い、それどころか軍事教育すら完全でない素人の少女達が俺の威勢を背に受ける。

恐れる事無く、臆《おく》する事無く、凛《りん》とした瞳《ひとみ》で自身の成すべき事を成すべく飛び立った。

◆

その様子を、天道《てんどう》神社でマイカ達は驚いて見るばかりだ。

「すごい……」

「生徒会長……確実に動いてくれるところというのは……」

「はい、アサトさんに命を助けられた人達。わたしたちの学園のみんななら、必ずアサトさんのために動いてくれます。学園以外にも」

「生徒会長ー！」

ミズキの言葉を切り、空からアシガルに乗った一人の生徒が舞い降りる。

「頼まれた通り、学園からセンゴク機とキング・レオ、許可なく借りてきました」

「ふふ、悪い子ですね」

「許可なんて後で取ればいいんですよ」

ぐっと親指を立てる生徒の姿にほほ笑み、ミズキはマイカ達を振り返った。

「さぁ、いきましょう。アサトさんを、わたし達の仲間を救いに」

マイカやエリコ、そしてレジアンも返事は一つだ。

「「「はい！」」」

「そしてアサカさん。あなたも来てくださいね」

◆

「ここから先へは行かせないよ!!」

訓練経験豊富な三年生達は一〇人一組の分隊ごとに固まり、外へ出ようとする敵を容赦なく駆逐。だが深追いはしない。

「落ち着かないでください！　急いで地下に避難してください！　入口はこちらです！」

今年入学したばかりで戦闘訓練経験の浅い一年生はあくまで市民の避難係。その救助活動も、一〇人一組になった一年生のうち三人だけ、残り七人はその三人の護衛だ。

一人一人が弱い一年生は常に固まり、決して一人にはならない。

「アサト君の作戦通りね、よし次」

アサトの作戦指示は全部で四つ。

一つ、敵に囲まれないよう逃げ回って敵を散り散りにしつつ仲間の下までおびき寄せろ。

一つ、分隊全員で敵に当たれ、必ず敵より多い数で戦え。無理はするな。

一つ、殺そうと思わずブースターと手足を狙《ねら》え。

一つ、敵は無力化させるだけでいい。ブースターや手足を壊したらすぐ次の敵に当たれ。

以上を守って全員必ず生きて戻る事。

二年生達はこの作戦で次々に敵甲冑《かっちゅう》兵や自律兵器を倒していく。手足やブースターを失っても向かって来る敵もいるが、そんなわるあがき兵はそれこそ一年生でも倒せる。

地面をバタついたり、立ちヒザで移動しようとしたりする敵は救助部隊の一年生達のいい射撃のマトで、甲冑は完全な機能停止に追い込まれた。

◆

その様子を、敵装甲戦姫《ブリュンヒルデ》達は憎らしげに見下ろした。

「いい気になるなよ。アサトを殺す為《ため》に用意したものだが、我々だけで十分だ」

ジュリアが上げた手を下ろす。俺達の周囲を取り囲んでいた敵雲が視線を地上へ、

「まさか!?」

自律兵器と量産機兵達が一気に降下。防衛学園《ぼうえいがくえん》の生徒は一五〇〇。増援を続ける敵は今五〇万以上。一息に揉《も》みつぶされて終わる。俺の戦力を以《もっ》てしても、一瞬で五〇万の敵は崩せない。確実に大半の生徒は死ぬだろう。俺の額から一気に血の気が引いたその時、

「天下布武《てんかふぶ》を知れ!!」

地上が光った。否。地上から放たれた光が、視界を覆い尽くさんばかりに拡散し、地獄の業火のような熱線と衝撃波《ソニックブーム》を生み出した。今の一撃だけで二万の敵が消し飛んだだろう。

「ふむ、流石《さすが》は広域殲滅《せんめつ》特化型機体ノブナガの必殺技だ。撃つのは初めてだが、こうも敵が密集していると効果てきめんだな」

「佐久間《さくま》教官!」

地上からノブナガに乗った教官が飛び上がり、上空の敵雲と地上で戦う生徒達との間に立ちはだかった。その姿を見て、俺は体の痛みがひいていくのを感じる。

「悪いがこれより下へは行かせんぞ。アサト、貴様も巻き込まれんようもっと上で戦え！」

ノブナガの両手の陽電子《ポジトロン》砲から放たれた極太の光の束が何百という敵を蒸発させてから

爆発、敵雲に次々空白地帯を作る。肩から射出され続けるミサイルは二種類。

一種類はクレイモア地雷のように爆発すると周囲へ無数の弾丸をバラまき、その一つ一つが軍事甲冑《かっちゅう》数機を貫通してあまりある威力を誇っていた。

もう一種類は徹甲弾のように敵機を貫通、決まった距離を進むと爆発し、陽電子砲《ポジトロン》並の巨大な爆炎と衝撃波《ソニックブーム》は一発で東京ドームをいくつも消し飛ばしてしまいそうだ。

衝撃の余波で街のビル上部が砕ける。

そんなものを溜《た》め無しで、連続で放つものだからたまったものではない。

敵は九〇万の雑兵を用意したと言っていて、そのうち三〇万以上は俺との戦闘で失われた。だが残る六〇万もこの分では一時間と持たないだろう。

火力だけならばノブナガは一個師団どころか一個軍団分以上の力がありそうだ。

それだけの超火力がたった一機の軍事甲冑に詰め込まれているのだから、こんなものを作りだした小宮《こみや》所長は本当に稀代《きだい》の天才と言える。

アラウビアでは味方のファラの城内が戦場だったため全力を出せなかったが、遮蔽物《しゃへい》の無い空から来る敵に対して、ノブナガはその超常ぶりをいかんなく発揮する。

「ノブナガを全開にして使うのはこれが初めてだが、まさかこれほどの性能とはな。役に立たない大臣達に怒鳴らず初めから私がアサトの救援に来ればよかったな」

と反省する教官だった。俺に数の利は効かないが、教官のノブナガに対しては飛んで火にいる夏の虫どころか業火にくべる紙くずも同然だ。

「くそ、日本のサオリか、ならばさっさとアサトを殺してあいつを——」

巨大な雷の龍《りゅう》が千機以上の敵を呑《の》み込んだのは、その時だった。

「アスカ！」

そこには全身に雷をまとう黄金の甲冑《かっちゅう》、タイシャクテンに乗ったアスカがいた。ノブナガにタイシャクテン。日本が誇る最強の甲冑達の頼もし過ぎる援護に力が湧《わ》いてくる。

レーダーが超高高度に飛空艇を捉《とら》えた。飛空艇は上空を通り過ぎる瞬間に一機の軍事甲冑を射出。軍事甲冑は大剣を構え、高速回転しながら敵を蹴散《けち》らしてビルの屋上に着地。

その白銀の甲冑、エンキドゥの装着者はこの世にただ一人。

「アイシャ！」

「「合わせろアサト!!」」

アスカがヴァジュラを再構築。アイシャのブレードパーツで構成された大剣が、新たなパーツを左右に次々再構築してサイズアップ。俺はフツシミとハバキリを連結させた。

「ヴリトラ——」

「グアンナ——」

「オロチノ——」

アスカのヴァジュラが巨大な雷の剣を生み出す。

アイシャの高周波大剣《ヴァイブロ》が左右に数十メートルも伸び、規格外の大剣を構築する。

俺の高周波刀《ヴァイブロ》が塔のようなサイズの破滅の刃を作りだす。

「ツハァアアアアアアアアアアアアアアアン!!!!」

「ツイシュタァアアアアアアアアアアアアアル!!!!」

「ツアラマサァアアアアアアアアアアアアアアア!!!!」

振られた三本の大剣が、敵雲を薙《な》ぎ払う。三体の巨人が乱入したように万軍は総崩れとなり、一度に無数の敵機が姿を消してしまった。

「ゴミ掃除は任せてもらおう、この史上最強の女鬼龍《きりゅう》アスカにな！」

「ここはアタシらに任せろ！」

「お前ら……ああ任せた!!」

敵装甲戦姫《ブリュンヒルデ》達が奥歯を噛《か》みしめる。突如、装甲戦姫《ブリュンヒルデ》達に三本の粒子砲の光が襲い掛かった。二〇人の装甲戦姫《ブリュンヒルデ》達はなんなくかわすが、意表を突かれて顔には焦りが浮かんでいる。

「助けに来たわよアサト！」

「私達も戦うぞ！」

「みんなで戦えばきっと」

「アサトへの恩を返したい」

センゴクに乗ったマイカ、エリコ、ミズキ、専用機キング・レオに乗ったレジアンの姿と声にさらに力が湧《わ》いて、俺の顔から笑顔が吹きこぼれる。見れば、眼下ではレジアンの妹であるキャムとルイービも自身の専用機に乗って参戦している。

「いや、お前達は地上のみんなを助けてやってくれ。お前達とその機体なら普通に敵を倒せるだろ。ガンガン行け、そのかわり丁寧に敵を殺す必要は無い、とにかく数に差があるからな、ブースターや手足破壊して戦闘不能にしたらすぐ次の敵に当たれ、いいな」

「「「了解！」」」

「あ、待ってアサト、これ所長から、さっき送られてきたの、新装備だって」

マイカは近距離通信で俺に量子情報を転送。そして右拳《みぎこぶし》で俺の胸を元気にこづく。

「じゃあアサト、装甲戦姫《ブリュンヒルデ》なんてサクっと片付けなさいよ。下はあたしらに任せなさい！」

マイカの一切の不安が無い、信頼と自信に溢《あふ》れた瞳《ひとみ》と視線を交える。その声と眼差《まなざ》しからは家族のアサカと、仲間の一一分隊達両方と接しているような力を感じる。俺は頷《うなず》いた。

「おう！　あんな奴《やつ》ら三分で片付けてやるよ！　帰ったらまた飯喰《く》いに行こうな！」

「うん♪」

笑みを交わし合ってから四人の背を見送ると、俺は敵に向き直る。

「じゃあ、続きをしようか」

俺はマイカが送ってくれた量子情報フォルダ。『オロチ武装』を確認。すると所長の顔とメッセージが流れる。二〇人の装甲戦姫《ブリュンヒルデ》は誰《だれ》もがニヤついた笑みで俺を見据えていた。

「男とはバカだなぁ、素直に助けて貰《もら》えばよかったものを」

「あの程度では無意味だが、数秒でも命が長引いたかもしれないのに」

所長のメッセージを聞き終わると、俺は言ってやる。

「……悪いなお前ら、上手《うま》く説明できないけどよぉ、負ける気がしないんだわ」

学園のみんなが駆けつけてくれた時、嬉《うれ》しくて不安が消えた。

教官とアスカ、アイシャが来てくれた時、体の痛みが引いて力が湧いた。

マイカ達が姿を見せてくれた時、溢れる笑みを抑える気もしなかった。

そして所長はメッセージで言った『みんなで一緒に帰ってお祝いしようね』。

俺は千年前を思い出す。でも心は千年前には帰らない、帰る必要が無い。

だって千年前から何も変わっていないのだから。俺は今も千年前もずっとここにいたのだから。守るべき国があり、民があり、仲間があり、俺が守る、そして俺を守ろうとしてくれる、俺の為《ため》に戦ってくれる人達がいる。

剣士でも銃士でも格闘家でも暗殺者でも喧嘩《けんか》師でも殺人鬼でもない、これが兵士、これが軍人。ただひたすらに『誰がために戦い』『仲間と共に戦い』『愛するモノ愛してくれるモノ万物全《すべ》てを等しく救う救世主』。世界に勝ち、日本を救った宇宙創世史上最強の超英雄が進んだ道。

誰も知らない世界の裏で人知れず世界に勝った、都市伝説として人々から忘れられた、今となってはもはやだれも知らない、忘却の軍神鬼龍真羅《きりゅうしんら》が俺に残してくれた、そして地球最後の軍神鬼龍マサト達桐生《きりゅう》家が歩いた道だ。

　千年前の仲間、一一分隊の連中の顔を思い浮かべ、約束を思い起こして魂が熱くなる。

　俺はあいつらと約束した。

『みんなで日本を守ろう』『みんなで生きて帰ろう』『そして必ずまたみんなでこの桜を見よう』約束は守る。守れる。守ってみせる。

　俺は日本を守る。全員で生きて帰る。そして、みんなでまた桜を見る。だから、

「雄雄雄!!!!!!!!!!!!!!!!!!!!」

　この時代初の、全力全開剥《む》き出しの闘志を解放。

　敵装甲戦姫《ブリュンヒルデ》は誰《だれ》もが悲鳴を上げ、汗を流し、歯を鳴らして数メートル後退した。

「どうしたよ最強でスーパーエリートな専用機持ちの装甲戦姫《ブリュンヒルデ》様がた。やろうぜ、混じりっ気無し一点の曇り無しの全力全開の限界バトルをな!!」

『ほざけ!!』

装甲戦姫《ブリュンヒルデ》達が一斉に俺に銃口を向ける。それよりも先に、俺は新武装の用意を済ませる。

〈オロチ武装ナンバー3八式荷電粒子砲再構築〉

〈オロチ武装ナンバー4ゼロ式ノヤマタ再構築〉

〈オロチ武装ナンバー1大蛇牙《オロチガ》再構築〉

〈オロチ武装ナンバー2大蛇火《オロチビ》再構築〉

荷電粒子砲と陽電子砲《ポジトロン》は肩のハードポイントに保持。

左手に電磁投射小銃《ローレンツ・ライフル》『大蛇牙《オロチガ》』。右手に電離分子小銃《プラズマ・ライフル》『大蛇火《オロチビ》』を握り、早撃ちガンマン顔負けの手さばきで弾幕を張る。

無数のタングステン弾の中に混ざるプラズマ弾の嵐《あらし》。

装甲戦姫《ブリュンヒルデ》達は素早くプラズマウォールを張り、一秒と持たず破られその身を弾幕に晒《さら》した。連射力は劣るが、威力はタングステン弾より強力なプラズマ弾の当たり所が悪かったロスタムとハーリド、モナルクイーグル、パンツァーステゴ、ヴラド撃墜。残るは一五人。

一五人の装甲戦姫《ブリュンヒルデ》は散開、俺の弾幕から逃げるが俺は大蛇牙《オロチガ》の弾幕で敵の動きを操り、回避運動先に大蛇火《オロチビ》のプラズマ弾を発砲。テンイとガクシン撃墜。残り一三人。

「メテオストライク！」

「クロコディルスピン！」

「トライホーンバスター！」

三人がプラズマをまとい、それぞれ違った形状のドリルを構え高速突貫。自身を弾丸と化してくる。俺はライフルから肩の八式荷電粒子砲に持ち替え引き金を引く。

赤い光の帯は瞬く間に三人を呑《の》み込み、プラズマの守りも自慢のドリルも消し飛ばし、敵は悲鳴も上げられずに撃墜されて地上へ落下した。

メテオケファロとトライホーン、ロードクロコディル撃墜。残り一〇人。

巨大母艦五隻からはまだ無数の自律兵器達が吐き出されている。俺はいつまで数に頼るのかと呆《あき》れながら今度は陽電子《ポジトロン》砲、ゼロ式ノヤマタを構え、暴虐の限りをつくした。

この世に召喚された破滅の光は敵雲に深く食い込み、根を下ろしてから牙《きば》を剥《む》き爆発。教官のノブナガの天下布武《てんかふぶ》にも匹敵する熱と衝撃波《ソニックブーム》は一瞬で万軍を消し飛ばし、ついでに出撃途中だった自律兵器も衝撃で落下。教官の攻撃に巻き込まれた。

〈オロチ武装ナンバー5ムラクモ〉

一振りの大刀を握り、俺は敵に手招きをする。

「射撃戦はやめにしようぜ、ほら来いよ！」

「ナメるなよ下郎が！」

残る一〇人の装甲戦姫《ブリュンヒルデ》が高周波《ヴァイブロ》ブレードを手に次々襲い掛かってくる。

湾刀を持つサラディンを、槍《やり》を持つカコウトンとゴリアテを、剣を持つスパルタクスを武器ごと斬《き》り伏せ、重力場を突っ切りマスターエレファンを横薙《な》ぎの一撃で撃沈。サラデイン、カコウトン、スパルタクスとゴリアテ、マスターエレファン撃墜。残り五人。

「わたしを他《ほか》の人とは一緒にしないほうがいいよ」

ペルセウスに乗ったアルタニア兵が不敵な笑みを見せる。

「空を地面のように捉《とら》え地上と変わらない足さばきができる機能タラリア。強化電磁フィールド機能キビシス。そして不可視の機能ハーデスヘルム」

ペルセウスが消える。レーダーには反応があるが、視認による正確な位置が解《わか》らない。

「さぁ、この自己再生機能阻害高周波大鎌《ヴァイブロ・デスサイズ》ハルペーでその首を落として」

「なら見る必要なし!!」

俺はフツシミに代わり、ハバキリにムラクモを連結させた。

かつて英雄素戔男尊《スサノオノミコト》が八岐大蛇《ヤマタノオロチ》を殺した神剣天羽々斬剣《アマノハバキリノツルギ》と、その大蛇の体内から発見され、のちに日本武尊《ヤマトタケルノミコト》の愛剣となった天叢雲剣《アマノムラクモノツルギ》。

その名を冠する武装を繋《つな》ぎ生まれるのは八岐大蛇《ヤマタノオロチ》殺しの蛇之麁正《オロチノアラマサ》ではない。

天に掲げた、アラマサモードよりも強く、激しい光の刀身を形成するそれは。

〈オロチ武装ナンバー6クサナギモード発動〉

「オロチノぉおおお——クニナギぃいいいいいいいいいいいいい!!!!」

レーダーでだいたいの位置が解れば問題ない。おおよその場所に、容赦無くクサナギを振り下ろす。誰《だれ》もいない空間から絹を引き裂いたような悲鳴の後にペルセウスが姿を現す。

電磁フィールドなど一秒と持たずに崩壊。直撃ではなく、刀身の端に触れただけだが、ペルセウスの装甲は表面が融解し消し飛んだ。

近くのビルの屋上に墜落。ペルセウスは痙攣《けいれん》し立ち上がれなくなっていた。ペルセウス撃墜、残り四人。クサナギモードを解除し、俺は残る四人を鋭い視線で射《い》貫《ぬ》く。

「さてと、お前らは他《ほか》の連中とは違うみたいだな」

当然、今まで倒した一六人も並大抵の敵ではない。

一見簡単に倒したようで、だが誰《だれ》もが間違いなく達人クラス。俺の時代、あの三次大戦でも十分に通じるだけの力量を持った兵士達だった。

だが残る五国軍事連合の装甲戦姫《ブリュンヒルデ》四人はその連中と比較しても、次元が違うのが見ただけで分かる。おそらくは、

「ハーハッハッハッハッ、よくぞ気付いたな桐生《きりゅう》アサトよ！　その通り、我こそは世界最高懸賞金額にして南アメリカ大陸最強の軍事国家、ブラジエラのエースパイロット!!　最強の常勝竜帝ジュリア・バロス少将である!!」

二〇人の中で、最初に母艦から姿を現したあの女性だった。妙に偉そうだとは思ったがエースパイロットらしい。それにしても酷《ひど》い二つ名だ。

「アフリカ大陸最強の軍事国家、アフリカ連邦エース。荒ぶる獣王ラギア・ダグラ」

白人とのハーフだろうか、肌は黒人のそれだが、白人風の顔立ちをした女性だ。

「クカカ。アジア最強の軍事国家中蒙国《ちゅうもう》のエースパイロット！　漆黒の殺戮者《さつりく》シュン・ツェンラだぜ!!」

小柄な女性が愉快そうに笑う。そしてもう知っている顔だが。

「中東最強の軍事国家イラハスタンのエース。神罰の執行者ナイラだ」

スサノオが俺の為《ため》に敵の情報を提示してくれる。

●中東・イラハスタン　　神罰の執行者ナイラ大佐　　懸賞金：二億九千万
専用機：プラズマ操作特化型機体ギルガメス
●アジア・中蒙国　　漆黒の殺戮者シュン・ツェンラ大佐　　懸賞金：三億四千万
専用機：攻撃力特化型機体リョフ
●アフリカ・アフリカ連邦　荒ぶる獣王ラギア・ダグラ大佐　懸賞金：二億五千万
専用機：近接戦闘特化型機体ゴッドレオ
●南アメリカ・ブラジエラ　最強の常勝竜帝ジュリア・バロス少将　懸賞金：四億
専用機：完全大量殺戮特化型機体カイザーレックス

「今お前らのデータ見てんだけど、凄《すご》いな。でも……負ける気がしない！」

敵の顔に遺憾の念が表れた。

「爺《じい》ちゃんの懸賞金額は五億、今の物価に直せば一兆円！　お前ら程度のはした金なんか怖くもなんともねぇんだよ!!」

『フザけるなぁあああああああああああああああああああ！！』

俺はムラクモとハバキリを素早く量子化、所長に頼んでいた必殺兵器を再構築する。

〈オロチ武装ナンバー0ヤマタノオロチ〉

俺の両手に握られたのは銃剣付き自動小銃。二十一世紀の日本兵の主要武器である89式小銃の形状を参考にして作られたソレは俺の手にしっかりと馴染《なじ》み、一体化する。

平成軍人の基本武装は刀ではなく銃剣付き小銃、軍では剣術以上に銃剣術を鍛える。

向かうは世界の頂点に君臨する最強の軍事国家が盟を結び結成された五国軍事連合。

その各エースパイロット達がそれぞれの武器を手に、殺意を以《もっ》て俺に襲い掛かる。

対する俺は銃剣付き小銃一丁。

本当に、千年前の仲間達に比べれば可愛《かわい》い連中だ。爺ちゃんと比べれば弱過ぎて失笑を漏らすレベル。こんな連中を恐れる必要は無い。俺はただ成すべき事を成すだけ。

国を、仲間を守るために、大切な家族を守るために、鬼龍真羅《きりゅうしんら》の孫、鬼龍朝徒《あさと》の名に恥じない、自分のしたいと思う事をするだけだ。

◆

アルタニア軍の母艦、その禁固室の前で兵士達が騒ぐ。

「とうとう男が装甲戦姫《ブリュンヒルデ》二〇人と戦闘を始めたらしいわ」

「アラウビアでギルガメスを倒したらしいけど、さすがに二〇人とは無理じゃない？」

禁固室のマーベルは目を閉じ、思考した。

今回の作戦で用意された戦力は知っている。アサトなら雑兵の一万や二万は軽く葬るだろうが、消耗した状態で装甲戦姫《ブリュンヒルデ》二〇人は危険だ。特に五国軍事連合の各エースパイロット、その中でも世界最高懸賞金額の常勝竜帝ジュリア・バロスはまずい。

自分はアサトを失いたくない。そこで、マーベルはハッとした。

今の感情が理解できない。マーベルは『こんな卑怯《ひきよう》な手でアサトを殺したくない』ではなく、ただ『アサトに死んで欲しくない』と思った。

アサトは将来自分が決闘で倒す相手だ。捕虜にしたいが命がけの決闘ならば殺してしまう可能性も想定している。ならば『死んで欲しくない』はおかしい、けれど――会いたい。

「おい貴様ら」

兵が近づく。鉄格子から一気に腕を伸ばして引き寄せ、鉄格子に叩《たた》きつけた。

――アサトに会ってこの気持ちの正体を確かめたい。

今は母艦の大半の兵が出撃中だ。見つからず格納庫に行くのは容易《たやす》い。

「私をここから出せ」

◆

アサトの戦いを窓際で見上げながら、小宮カナデは唖然としている大臣達に語りかけた。
「専用機が英雄や神の名を冠する理由を知っていますか?」
大臣達の意識がカナデに向いた。
「士気を上げ、そして軍人のカリスマ性を高める為です。有名な英雄や神の名を出せば、乗り込むパイロットも戦意が高まり、戦場におけるカリスマ性も上がるんです」
それこそ『スサノオが出撃』と聞けば自軍の士気は上がるし、味方の士気は下がり敵の士気は上がります。最強の英雄の名を冠した兵器が負ければ、名前を借りただけでも味方の士気は下がり敵の士気は上がります。最強の英雄の名を汚さない確固たる自信が無ければつけられない。だから今まで誰も『スサノオ』なんて機体は作らなかった。作れなかった」
目を細め、カナデはアサトから視線を外さない。
「でも同時に、負けた時のダメージも増える諸刃の剣。建速素戔男尊。
タケハヤスサノオノミコト
今までの誰もその名をつける勇気が無かった
アサトを見つめるカナデは、どうしても笑顔になってしまう。
日本神話の主神であり太陽神の天照大御神の弟にして三貴神の一人。
アマテラスオオミカミ
海と地下、冥府に君臨する荒ぶる戦神でその力に勝てる者は無く、殺せる者は無く、地上に追放するしか無く、地上に降りれば日本神話最強の大怪物、八岐大蛇を一人で倒し神
ヤマタノオロチ
話最強の武装、天叢雲剣を手にした掛け値なしの最強。
アメノムラクモノツルギ

八百万《やおよろず》の神々が暮らす日本神話世界において他《ほか》の追随を許さぬ絶対的な最強。

それこそが日本神話最強の戦神『建速素戔男尊《タケハヤスサノオノミコト》』である。

カナデは、自分がスサノオの名で甲冑《かっちゅう》の登録を行った時の、日本の軍事甲冑業界の驚きようは今でも忘れない。だがそれ故にスサノオは負けられない、負けてはいけない。だから専用機のパイロット選びは慎重に行われる。

この英雄、神の名を冠する機体の性能を一〇〇パーセント引き出し、使いこなし、機体の名に泥を塗らない絶対の自信が無ければパイロットには選ばれないし、出撃なんてさせない。恐れおおくて誰もその名を使えなかったスサノオ。そしてアサトがそれに乗っているという事は……

「アサト君は……本当の最強だから…………」

戦神スサノオ、桐生《きりゅう》アサトに最強の恐竜《カイザーレックス》と最強の猛獣《ゴッドレオ》が襲い掛かる。

「神相手に動物なんかが勝てるわけがない」

ジュリアとラギアのブレードは空ぶり、アサトの銃剣がすれ違いざまに斬《き》り抜いた。

続いて三国最強の武将《リョフ》が大槍を振りおろすが、

「人間程度が敵《かな》うわけがない」

大槍ごと斬り裂かれ、至近距離から腹を撃ち抜かれツエンラは墜落する。

アラウビアで戦ったナイラが半人半神の英雄王《ギルガメスバビロン》のプラズマアームを伸ばし襲い掛かる。

「三分の二だけが神の王様に倒せるわけがない」

ナイラはバビロンを全《すべ》てかわされ、弾《はじ》かれ、防がれ、プラズマシールドごと成すすべなく斬《き》り伏せられて四肢全てに弾丸を撃ち込まれる。

ジュリア、ラギア、ツェンラ、ナイラ撃墜。敵装甲戦姫隊《ブリュンヒルデ》殲滅《せんめつ》完了。

ティラノサウルス、ライオン、呂布《りょふ》、ギルガメス。彼女達は国のエースだが、機体も、彼女達もその程度の存在でしかなかったのだ。

これがもしもティラノサウルスでなくバハムートであったなら、ライオンではなくベヒーモスだったなら、呂布ではなく蚩尤《しゆう》だったなら、ギルガメスではなくマルドゥクだったなら、軍神アサトに勝てる可能性もあったろう。

だが機体も彼女達自身もその評価は所詮《しょせん》、現実生物や武将、半神英雄程度にすぎない。

日本神話最強の名を冠するに足る者、それこそが地球唯一の男、桐生《きりゅう》アサトである。

その超絶過ぎる戦闘能力に、カナデの横で大臣達は言葉を失っている。

「なん、なんだあいつは……あれは……本当に人間なのか……？」

世界最強の汎用《はんよう》兵器軍事甲冑《かっちゅう》。

量産機二〇〇機分の戦力と言われる高機動機、一〇〇〇機分の戦力と言われる専用機。

一騎当千の装甲戦姫《ブリュンヒルデ》。その保有数はそのまま国の軍事力にも繋《つな》がると言われるソレが、二〇人がかりでなお圧倒される万夫不当《ばんぷふとう》。それは本当に、まるで夢幻の如《ごと》く光景だ。

「はい、彼は人間です。人間の男です」

　大臣達の視線がカナデに集まる。

「馬がただひたすらに速く走る為《ため》に進化したように、人類が賢くなるよう進化したように、オスは、彼ら男性は一〇億年間、敵を殺し愛する者を守る為に進化してきました」

　大臣達が息を呑《の》む音は、カナデの耳にも届いた。

「確かに男性は子供を産めません。でも、だからこそ彼らは戦いました。虫も魚類も爬虫《はちゅう》類《るい》も草食動物も肉食動物も等しく。寝床、縄張り、食糧、住処《すみか》を得る為に殺し合い、愛する者に認めてもらう為に殺し合い、愛する者を守るために殺し合い三大欲求も衣食住も全て殺し合う事で獲得した。その中でもさらに人間のオス、男性は特別です」

　カナデの声に、僅《わず》かな力がこもる。

「女と男の決定的な違い、それは闘争本能。オスにだけ備わった特殊能力。自分の命にかえても戦い続ける漢だけが持つ鋼鉄の意志。身体能力だけの問題じゃない、私たち女じゃ勝てるはずもない。考えられますか？　私達女がただ子供を産み育て愛する事に進化する間、一〇億年間、雄は敵を狩り殺す為に進化し、文明誕生から七〇〇〇年間闘争の技術と精神を磨き続けた。戦う為に生まれ生きる真正の超戦闘民族、それが男であり、その男の頂点に君臨するのが三次大戦最強の少年兵『忘却の軍神桐生アサト』その人です」

　大臣達に向き直り、アサトを人ではないと罵《ののし》った連中にカナデは感情を込め声を上げた。

「安全な街に暮らし、戦争すらパワードスーツに乗る私達に想像できますか！　妻や子がお腹《なか》を空《す》かせているという理由だけでマンモス相手に殺し合いを繰り広げる原始男性の気持ちが！　仲間を守る為《ため》に自分で腹を斬《き》る武士の気持ちが！　家族を守る為に命令を無視せず敵艦に向かった神風特攻隊の気持ちが！　そして！」

窓の外で戦うアサトを指で指し叫ぶ。

「この日本の為に、この日本に住む万民全《すべ》ての為に命をかけて戦う彼の気持ちが!!　確かに日本兵はみんな国の為に戦っているかもしれません、でも日本軍の誰《だれ》がアサト君と同じ事ができますか!?　九〇万の軍勢に怯《おび》えず戦えますか!?　四〇〇の装甲戦士《ワルキューレ》に臆《おく》す事無く立ち向かえますか!?　二〇の装甲戦姫《ブリュンヒルデ》相手に恐れず挑めますか!?　貴方《あなた》達はそんな彼を道具のように扱ったんですよ！　それがどういう事か解《わか》っているんですか!?」

大臣達の誰もが言葉に詰まり、力無くうなだれるのを見て、カナデは再びアサトの戦いを見守った。地球唯一の男の戦いを。

◆

俺が全ての装甲戦士《ワルキューレ》と装甲戦姫《ブリュンヒルデ》を倒し、そして彼女は母艦から飛び立ち、俺は息を吐《つ》く。

彼女が相手ならば、と俺は銃剣付き小銃を量子化して、刀を二本、右手にハバキリ、左手にムラクモを再構築した。

「ようやく来たな」

太陽光を反射し黄金に輝く金髪、サファイアのように透き通った瞳、雪のように白い肌。

空中に立つ戦女神 マーベルと対峙して、俺は口を開いた。

「最後はお前か、マーベル」

「……ああ」

「武装が違うな」

マーベルは右手の槍と、左手のラウンドシールドを軽く持ち上げる。

「前は貴公を侮り使わなかったからな。これが私の専用機、防御特化型機体アキレスの専用武装、高周波槍ペレウスと電離分子物理盾ヘパイトスだ」

「そうか、じゃあ、これが俺とお前の」

「真剣勝負だ」

マーベルの全身から鋭い闘気が溢れ立つ。俺の内側からも自然と闘志が溢れだす。

「行くぞマーベル。これで軍神と戦女神との」

「決着をつける！」

「雄雄雄ーーッ！！！！」

「AAAAAAAAAAAAAAAAAAAAAAAAAAAAAAAAAAAAAAAAAAAAAAAAAAAAAAAAAAAAAAAAAAAAAAAAAAAAAAAA——ッ！！！」

鋼の轟音が周囲にまき散らされた。

刀と槍が、剣と盾が、毎秒何十何百という衝突を繰り広げる。

やはりマーベルは強い。空中における三次元機動やブーストモーションは巧みにして華麗、アキレスの能力なのか、足は空中を地面のように捉《とら》えて地上戦さながらの足さばきも駆使し、スサノオのＳ　Ａ　Ｓ《スーパー・アクセラレイション・システム》に対抗してくる。

それにスサノオ程ではないが、アキレスはスピード自体が他《ほか》の専用機よりも速く、マーベル以外のパイロットならば耐えられないようなハイスペックぶりだった。

守りは完璧《かんぺき》、槍《やり》さばきと体さばきは優美にして凄烈《せいれつ》。やわらかく、しなやかに俺の攻撃をかわし、いなし、防ぎ、俺を誘い、ここぞという時は稲妻のように鋭く力強い一撃を放ってくる。特殊な能力も、特殊な武装も無い。ただひたすらに一本の槍と一枚の盾を駆使し、マーベルは俺に斬《き》り込む。

本当は持っているだろうに、射撃武器も、ミサイルも使わず、後退という単語を忘れたように果敢に前進してくる。だが単なる猪《いのしし》武者ではない、物理シールドである盾の側面で打ち込んできたり、盾を使いショルダータックルのようなマネまでしてくるし、水平に構えた槍を盾に隠して軌道を読めなくもしてくる。

持てる武器の特性を全《すべ》て使い切り、巧みに、華麗に、駆け引きを混ぜながらマーベルは俺と斬り結ぶ。そんな爽快《そうかい》で、気持ちの良い、晴れやかな戦い、不謹慎だがマーベルとの戦いは心が躍った。

本人だけでなく、戦い方まで美しい、敵ながら敬意を払いたくなる相手だ。

戦いながら思う、思いながら戦う、本当の本当に、美し過ぎる相手だと。

「雄羅唖《おらあ》っ!!」

「HUR《ハア》ッ!!」

まだ決着はつかない。手は抜いていない。武装の威力は俺が上だがマーベルは攻撃を上手《うま》く当て、逸《そ》らすので致命傷を与えられない。

スピードはスサノオが上だし、SAS《スーパー・アクセラレイション・システム》もある。だがマーベルのアキレスもまた十分に速く、巧みな体さばきと空を捉《とら》える足さばきで俺のスピードに追いすがってくる。

それに防御特化型というだけもある。マーベルの武器は間合いの長い槍《やり》。長い射程で俺を牽制《けんせい》して近づきにくくしてくる。近づけてもマーベルには物理シールドがある。

盾とは剣を受け流し、防ぐために設計された防具。その盾に刃を立てるのは難しいし、盾自体がプラズマシールドを帯びている為《ため》、簡単には突破できない。槍と盾の守りをかいくぐっても、アキレスの重厚なプラズマアーマーは軽い攻撃なら簡単に弾《はじ》いてしまう。

もしかすると、素人は防御特化を卑怯《ひきょう》だとか、臆病《おくびょう》だとか思うかもしれない。

だが実際は非常に正しく、軍人的だ。

戦場において死者はなんの役にも立たない。生きなければ戦えない、戦えなければ何も守れない。戦場において命を拾うのは祖国を守る為の重要事項であり、敵を殺す剣であるよりも、国を守る盾となることのほうがはるかに高度なのだ。

それに、相手を殴るだけなら素人にもできるが、これから攻撃するから受け止めろと言われれば素人には無理だ。

防御、防衛、守備とは戦闘における高等技術であり要《かなめ》。打たせずに打つ。自分の身を守り相手だけを倒すのが武術。で、あるならば、防御行為に特化したマーベルの専用機は実直過ぎるまでの軍事用甲冑《かっちゅう》と言えるだろう。

本当に、マーベルがこの機体のパイロットに選ばれた理由が良く分かる。

戦闘開始から五分。ようやくマーベルの盾と槍に傷が目立ち始めた。

ムラクモの一閃《いっせん》がラウンドシールドの端を切り裂いた。

ハバキリの熱で槍の穂先が僅《わず》かに変形してきた。

最強の軍神と最強の戦女神《ブリュンヒルデ》の戦いは太陽が東から昇って西へと沈むようにゆっくりと、だが確実に俺が押し始め、マーベルを追い詰めていく。

決して男女差別をするつもりはないが、どうしても、同じ極限まで鍛えた戦士同士という条件付きならばこうなる。

男の戦う為の太く頑強な骨と分厚く強靭《きょうじん》な筋肉は甲冑に乗ってしまえば関係無いようで、やはりより屈強な体のほうがより運動スペックの高い機体に乗れるという事になり、スサノオとアキレスのスピード差がその証拠だ。

原始時代から狩りをしてきた目と脳は動くモノに敏感で、対象との奥行きを測る空間認識能力も高い。それは幼子の描く絵を見れば一目瞭然《いちもくりようぜん》、少女の全《すべ》てのモノを同じ位置に描く平面的な絵と違い、少年の描《か》く絵は遠くにあるモノほど紙の上に描く距離感のある絵になっているし、女性が車のバック、車庫入れが苦手なのもこれが原因だ。

差別ではなく、女性の目には世界が平面的に見えており、モノの奥行き、距離感を測る事が苦手なのだ。俺にとってマーベルの神速の槍捌《さば》きを見切り、紙一重でかわすことは苦にならない。

そして古来より戦う事で衣食住と三大欲求を満たしてきた男の闘争心は一切の怯みを払い、マーベルの鋭い穂先に対し精神を揺らがす事無く、冷静な思考と熱い本能を以《もつ》て対応できる。強靭《きようじん》な肉体に優れた動体視力と空間認識能力、そして折れぬ闘争心。

それが戦闘に特化した生まれながらの闘争者、男だ。

「本当に強いなアサト……流石《さすが》は私が惚《ほ》れ込んだ男だ！」

「お前だって本当に強いさ、お前とならいつまでも戦いたくなるよ！」

盾が崩れ、徐々に装甲にも俺の攻撃が通るようになると、マーベルが綺麗《きれい》に笑う。

「ハハ、なぁアサト、一つ約束をしないか？」

「約束？」

「あぁそうだ、この戦い、私が勝ったならばアルタニアの捕虜になれ！　そして私の監視下で私と共に暮らせ!!」

「冗談言うなよ、俺が負けるわけないだろ？　俺は負けられないからな、男には絶対負けられない局面っていうのがあって、今がその時なんだよ!!」

ハバキリを頭上に投げ飛ばし、長刀ムラクモを両手上段の構えから裂帛《れっぱく》の気合と同時に一気に振り下ろす。マーベルも槍《やり》の穂先を突き出すが俺は止まらない。

俺の頬《ほお》をマーベルの刃がかすめ、スサノオの顔面装甲を浅く裂かれる。

俺の全体重とパワー、スピードを乗せたムラクモの刀身はマーベルの盾を弾《はじ》き、首筋のプラズマアーマーを裂き、物理装甲を貫き、マーベルのパイロットスーツに到達したところで止まった。

「俺の勝ちだな」

マーベルは槍と盾を量子化して、目を細めて笑った。

「あぁ……私の負けだ……堪能《たんのう》させてもらったよ。桐生《きりゅう》アサト、君こそが……真のラストジャパン……サムライだ……」

戦女神《ブリュンヒルデ》の満ち足りたほほ笑みに俺は刀を引き、落ちて来たハバキリのグリップをキャッチした。

「しかしアサト、何故《なぜ》私の首を取らなかったのだ？」

「はは、そりゃお前とアラウビアの風呂場《ふろば》で話し合った事を覚えているからな」

不思議そうな顔をするマーベルに、俺は優しく告げた。

「俺がお前の部下のアルタニア兵を殺した事を恨まないなら、俺もお前を恨まない。それに、どうしてお前だけ遅れて出撃したんだ？」

マーベルの顔が少し強張《こわば》る。見透かされた、と少し赤面もする。

「今回の東京襲撃作戦、お前出撃ためらったろ？」

「貴公には隠せぬなぁ……む？」

その時、周辺の建物の屋上などに墜落していた二〇人の装甲戦姫《ブリュンヒルデ》達が身じろぎする。

「殺していないのか？」

「完全な無傷とはいかないけど、装甲戦士《ワルキューレ》も含めて全員殺しはしなかったぞ」

「これほどの戦力を前に、殺さず無力化する余裕があるとは……恐れ入った……」

『アサト――――ッ!!』

地上を見下ろせば、雑兵部隊はそのほとんどが無力化済みで、自律兵器は鉄くずに、量産機兵達は降伏していた。

「やれやれ、ノブナガの武装を全弾使い切ってしまった」

「ワタシも後光輪の蓄電がゼロだ」

「アタシも、ブレードパーツが故障した」

ノブナガに乗った佐久間《さくま》教官とタイシャクテンに乗ったアスカ、エンキドゥに乗ったアイシャが飛翔《ひしょう》してきた。続けてセンゴクに乗るマイカとエリコ、ミズキ、キング・レオに乗るレジアンも無事だった。

「やっぱりアサトは最強ね」

「まさか装甲戦姫《ブリュンヒルデ》を二一人も倒してしまうとは」

「流石《さすが》は日本の軍神様です」

「ありがとう……アサト」

四人の笑顔に、思わず俺も頬《ほお》が緩んでしまう。

本当に、こんな可愛《かわい》い仲間達を残して負けるわけにはいかない、死ぬわけにはいかない。

この場にいない少女の姿を求めて、俺は遠いビルの屋上に佇《たたず》むアサカを見た。

◆

とあるビルの屋上で、センゴクに乗った桐生《きりゅう》アサカは寂しそうに笑った。

ここに来る前、神社の境内でアサカはマイカ達を否定した。だが、

「バカだなぁ、アタシ……」

マイカから聞いた、アサトを見て感じた。仲間を守る為《ため》ならばどんな敵が相手でも戦う、たとえ女でも相手は戦場に出ている軍人であり、仲間を殺そうとしている敵兵。

なら、アサトは軍人として仲間を守る為に戦うだけなのだ。アサトにとっては、自分が戦わないせいで味方が死ぬほうが何倍も辛《つら》いのに、アサカはそれを理解していなかった。

「あの子は……戦場のアサトを知っているんだよね」

マイカを見て、アサカは自分の浅はかさを理解する。戦場のアサトを見た事もないのに、軍人であるアサトを理解した気になっていた自分が恥ずかしい。でも。

「よかったね、アサト……」

千年前と同じく、仲間に囲まれるアサトを見て、アサカは嬉《うれ》しそうにそう呟《つぶや》いた。

◆

「それでどうするマーベル？　抵抗しないなら全員捕虜になってもらいたいんだけど」

突然マーベルの顔が悲嘆に暮れ、頭《かぶり》を振った。

「すまんなアサト、それはできないんだ……」

「逃げられると思うのか？」

俺はややいたずらっぽく言って、ムラクモをブラブラさせる。

「違う、よく見てくれ、母艦が五隻とも逃げようとしていない」

五国軍事連合の母艦はまだ東京上空にとどまっている。装甲戦姫《ブリュンヒルデ》達は回収したいだろうが、まともな指揮官ならば一〇〇万人分の戦力が総崩れになった時点で逃げるだろう。

「作戦はまだ続いているんだ……私達が敗北した時の、最後の手段が残っているんだ」

「最後の手段って、装甲戦姫《ブリュンヒルデ》二一人も投入しておきながら——」

俺の視線の先、おそらくはアルタニアの母艦であろう一隻の甲板から、一機の白い専用機が姿を現した。大きい。軍事甲冑《かっちゅう》の身長は装備者の身長プラス一メートル程だが、その甲冑は俺ぐらいありそうだった。白い専用機が俺を見上げる。クリアモードを起動させていない為《ため》、その顔は見えないが、装甲越しにも見えない圧力が感じられる。

「頼むアサト……」

マーベルは泣きそうな顔で言った。

「勝ってくれ」

マーベルはゆっくりと後退して俺から離れる。刹那《せつな》、白い甲冑が母艦から飛び立つ。そのあまりのスピードに、俺はマイカ達を巻き込まぬよう上昇して敵の進行方向を変えた。

「アサトォオオオオオオオオオオオオオオオオオオオ！！！」

地の底から這《は》い上がるような絶叫が襲い掛かる。振り下ろされる電離分子剣《プラズマ・ソード》を鍔迫《つばぜ》り合いで受け止め、弾《はじ》きあう。スサノオにも迫るスピードとパワー。運動能力はマーベル以上だ。俺はまさか、と思い奥歯を噛《か》んだ。その時、マーベルが通信機越しに叫ぶ。

「っ、気を付けてくれアサト！　そいつは、その男は！」

マーベルの信じられないような言葉に、俺は耳を疑う。純白の甲冑はクリアモードで装備者の姿を戦場に晒《さら》した。

「桐生《きりゅう》アサトォ」

獰猛《どうもう》そうな口、鋼鉄の意志を感じさせる力強い眼差《まなざ》し、勇壮な顔立ちに太くハッキリとした眉《まゆ》。まぎれも無く、疑いようも無く、そいつは。

「男……」

戦場が、マイカ達が、地上の女子生徒達が叫んだ。

『お、男ぉおお！！！？』

男、まぎれも無く、金髪に青い瞳《ひとみ》の白人男子だ。年は俺よりも少し上にも見えるが、実際は俺と同じぐらいかもしれない。マーベルが震える声で言う。

「そいつは先月、アルタニアの領海内で見つかった。貴公と同じ、コールドカプセルで眠っていた男だ。今はアルタニアの最新鋭機、ヘラクレスの専属パイロットだ」

「ヘラ、クレス……」

ヘラクレス、ギリシャ神話最強最大の超英雄にして主神ゼウスの息子。半人半神ながらその戦闘力は究極無比で生涯無敗にして生涯無傷の不死身の肉体を持ち、筋力で天界を支え、ゼウスすら勝てぬ巨人軍を滅ぼした。およそ戦闘行為にかけてはギリシャ神話最強としか言いようがない掛け値なしの最強だ。

だが、俺と同じ男と言うならば、ヘラクレスの名を冠する機体を操っていてもおかしくは無いだろう。

「オレの名はアーロン・ヴォロノフ!!　ずっと、ずっと貴様を殺したかった男の名だ!!　よく覚えて死ぬんだなぁ!!」

第四話　地球唯一の男・桐生《きりゅう》アサト・忘却の軍神《かみ》と装甲戦姫《ブリュンヒルデ》

西暦二〇一三年。第三次世界大戦末期。朝徒《あさと》を失った一一分隊は副隊長凪本怜央《なぎもとれお》を実質的な分隊長として戦場を駆けていた。

ある戦場で一個大隊を相手に勝利し、だが消耗しきった九人に敵の追撃部隊が迫る。

宗堂健吾《そうどうけんご》。身長二メートル半の優しき巨人で、筋力だけならば朝徒以上の彼はその巨体を以《もっ》て敵の銃撃を受け止め仲間を守り、銃撃を受けながら敵の戦闘車両を投げ飛ばして威嚇。恐れをなして敵が逃げたのちに絶命。

『この世の弱き者全《すべ》てを守りたい』と言った彼は弱き者ではなく、仲間を守る為《ため》に死んだ。

だが、かつて孤独だった巨人は友を守れた事に安堵《あんど》し『これで良い』と言って死んだ。

とある戦場で、逃げ遅れた幼女たちを敵国の兵が殺そうとした。

大丸太志《だいまるふとし》。自他共に認めるロリコンでアニメオタク。武装の解体なら朝徒以上の彼はライフル一丁で中隊を相手取り奮戦。勝利したのちに死亡。『幼い命全てが人生を全《まっと》うできない世界なんていらない』と言った太志は幼女たちに『将来は立派な大人の女性になって、そして愛する人をみつけて幸せになってください』と言って倒れた。

とある戦場で、柿崎錬二《かきざきれんじ》は迫る一個大隊を一個中隊だと仲間に偽り足止めを買って出た。

人から注目されることが好きな自称魔王の生まれ変わりの中二病患者。

罠《わな》工作ならば朝徒《あさと》以上で『ガキ共の夢を奪う大人の傲慢《ごうまん》なんていらない』と言った彼は罠で可能な限り敵を殺した後、手榴弾《しゆりゆうだん》を抱えて敵もろとも自爆。自分はみんなに自分を見て欲しかったのではなく、自分がみんなの笑顔を見たかったのだと気付きながら死亡。

浅野達也《あさのたつや》。乗り物の操縦技術なら朝徒以上。戦争で彼氏を失い泣く姉を見て『誰《だれ》も泣かない世界が欲しい』そして『世の中には死んでも死なない本当のスーパーヒーローが必要だ』と言った彼は、自ら神風特攻を敢行し敵軍の重要拠点を潰《つぶ》した。

『俺が死んだら姉ちゃん泣いちゃうじゃん、ほんと俺ってやつはヒーロー失格だな、作戦失敗、と』そう言って彼は死んだ。

須鎌雄一郎《すがまゆういちろう》。軍隊格闘だけなら朝徒以上の彼は人質を取られ敵に捕まったのち、素手で敵本拠地の部隊を壊滅。自身は戦車と相討ちになる。性同一性障害を抱え『誰もが自分らしくあれる社会にしたい』と語った彼はこの世の誰よりも男らしい壮絶な最期を迎えた。

隠密《おんみつ》活動ならば朝徒以上の猿渡門司《さるわたりもんじ》は敵の基地を爆破して死んだ。

誰もが認める女好きで『女が好きな人と一緒にいられる世にしたい』と言った彼は、仲間の男達の腕の中で、だが満足げに死んだ。

たった三人になった一一分隊は解体。それぞれの腕を見込まれて別の戦地へ飛ばされた。

ある国の貧困層で構成された反戦組織が国軍の一方的な鎮圧作戦で殺されそうになった。

自他共に認める正義馬鹿《ばか》で『真の正義を成して世界を救いたい』と言った天道小鉄《てんどうこてつ》は、朝徒以上の剣術の腕を反社会的な犯罪者達を守る為《ため》に使い、国軍を殲滅《せんめつ》して死んだ。

死ぬ間際、自分は正義の味方ではなく、弱き者の味方になりたかったのだと気付く。

戦闘で瀕死《ひんし》の重傷を負った凪本怜央《なぎもとれお》。野戦治療ならば朝徒以上という平和的な技能を持ちながら喧嘩《けんか》馬鹿で朝徒並の根性を持った元一一分隊の副分隊長は野戦病院に入院中、襲撃を仕掛けてきた敵軍と戦い死亡。

傷の癒《い》えぬ体で病室を抜けだし、呼吸も脈も止まったまま戦い、銃剣を構え、立った姿のまま死んだ朝徒の良きライバル。

『強者が弱者から奪わない、強者が弱者を支える未来を作りたい』と言った元喧嘩番長は、朝徒と決着をつけるまでは死ねないと言いながら戦い続けて、死ぬ直前に言った。

「朝徒……お前が最強だ………」

西暦二〇一四年。近い未来に終戦を迎える年。粉々になったコンクリートに覆われた市街地で、少女のような少年が凪本怜央のドッグタグと手紙を受け取った。

小野寺広見《おのでらひろみ》。身長一五〇センチ、体重四〇キロ。誰もが少女と見間違う華奢《きやしや》な体と可憐《かれん》な容貌《ようぼう》の彼は、冷凍カプセルに入り休学扱いになっている朝徒と自分のドッグタグを含め、一〇個のドッグタグを首からブラ下げた。

「そっか、怜央も……朝徒、もうぼく達だけになっちゃったね」

「おい、なんでここにガキがいるんだよ」

「馬鹿《ばか》お前しらねーのかよ、あれが小野寺広見《おのでらひろみ》だ」

「は!? 小野寺ってあの元一一分隊の!?」

「一人で一個師団分の働きをするって話だぞ」

「こええ、早く行こうぜ」

そんな周囲の雑音は気にせず、広見は配置に就こうとして、敵が予想以上の数で現れた。すぐに撤退命令が出て、味方は皆持ち場を捨てて逃げ出した。

だが敵に背を向けて待っているのは追撃による死だ。朝徒《あさと》ならどうするかを考えて、広見は二丁の自動小銃を持って、まだ原形をとどめるビルの五階に上った。

数分後、敵軍は摩訶不思議《まかふしぎ》な体験をする。

逃げる日本軍を追うと、何故《なぜ》か周りの味方が次々倒れるのだ。

首から上を正確に撃ち抜かれている。だが前方に銃を構える者はいない。狙撃《そげき》だとしたら何十人のスナイパーがいるというのだ。敵軍は毎秒二人以上の兵が死んでいた。

敵軍は混乱し、歩みを止め、近くの物陰に隠れる。しかし全員が隠れ終わる前に六〇〇人以上の兵が狙撃で死んだ。

その後も様子をうかがおうと頭を出した兵は間髪をいれずに撃ち殺された。

種を明かせば単純明快。小野寺広見が一人で連続狙撃を敢行していたのだ。

それも狙撃銃を使わず、両手に自動小銃を持った二丁小銃スタイルでだ。

スコープを使わず、超人的な視力と集中力によって目視で狙撃。それも左右の銃を同時に扱い毎秒二発以上の弾丸を放ち一発残らず敵を必殺している。

射撃能力だけなら朝徒以上の小野寺広見は、朝徒が眠った後も磨き続けた魔神のような力を以《もっ》て、たった一人でしんがりを務めていた。

敵が自分の位置に気付いたらしい。

一〇人の敵兵がロケットランチャーを構えた状態で物陰から出て来た。

六人は撃ち殺したが残る四人の砲口からロケット弾が放たれた。

「ここまでだね」

広見は窓からその身を放り出し、空中で自動小銃のマガジンを交換した。

五階の窓から自動小銃、サブマシンガン、九㎜拳銃《けんじゅう》を二丁ずつ装備した状態で飛び下り、着地と同時に敵へ向かって駆けた。

胸に一〇個のドッグタグ、怜央《れお》、健吾《けんご》、小鉄《こてつ》、雄一郎《ゆういちろう》、達也《たつや》、門司《もんじ》、錬二《れんじ》、太志《ふとし》、そして自分と朝徒の、みんなの気持ちを一つにして、みんなを真似《まね》て広見は叫んだ。

「漢《お》漢《お》漢《お》筋《お》筋《お》筋《お》義《お》義《お》義《お》拳《お》拳《お》拳《お》轟《お》轟《お》轟《お》猛《お》猛《お》猛《お》勇《お》勇《お》勇《お》豪《お》豪《お》豪《お》男《お》男《お》男《お》雄《お》雄《お》雄《お》!!!!」

広見に逃げる気は無い。広見の目的は敵を一人残らず自分に釘付《くぎづ》けにする事。逃げた仲間をそのまま逃がす事なのだ。

走りながら両手の自動小銃を単発モードで引き金を引きまくる。

弾の数だけ敵を殺し、撃ち尽くすと捨てて両手にサブマシンガンを握る。

敵軍と接触。

数えきれない群衆の中でマシンガンをフルオートで撃ちながら突っ込んだ。

銃弾をバラ撒《ま》きながら神速で兵と兵の間を縫うように駆ける小さな少年を誰《だれ》も捉《とら》えられずに死んでいった。

サブマシンガンの弾を撃ち尽くすと九㎜拳銃《けんじゅう》に持ち替え、それも撃ち尽くすと敵から銃を奪って撃ち殺し、銃が手に入らない時は軍隊格闘で敵を殺した。

短距離走でも行うような全力運動をもう何分続けただろう。

怪我《けが》は負っていないが限界を越えた疲労で全身の筋肉と頭が激痛にさいなまれる。

でも止まれない、アドレナリンとエンドルフィンの過剰分泌と精神論に支えられた肉体も、人体の構造的な限界を迎え動きが鈍る。

同士討ちを恐れた敵は銃剣やナイフで襲い掛かる。敵の刃が体をかすめるようになった。

サブマシンガンを失ってから四〇〇人ばかりの敵を殺して思い出す。

幼馴染《おさななじみ》の朝徒《あさと》の後ろをいつもちょこちょこと追いかけていた自分。

子供の頃《ころ》から男らしくて、頼もしくて、強かった朝徒。

子供の頃から小さくて、華奢《きゃしゃ》で、女の子と間違われた自分。

広見《ひろみ》は幼い頃から『男らしくなりたい』と言って、戦争が始まると『家族が一緒に暮らせる時代にしたい』と言って朝徒と同じ兵士になった。

七〇〇人以上の敵を殺した時、広見の呼吸はもう止まっていた。

呼吸が止まり、敵に体を斬《き》り裂かれながら戦い思った。

──ねえ、朝徒、ぼくは朝徒みたいになれたのかな？　朝徒みたいな男になれたのかな？

脈が止まった。それでも脳死に至るまで広見は止まらない。その程度で広見が朝徒から学んだ心は折れない。

──だったらうれしいなぁ……優しかった朝徒、強かった朝徒、大きかった朝徒、いつだってぼくのヒーローは朝徒だった。

全身を敵の刃に貫かれ、喉《のど》を裂かれながら思考した。

──そう、ぼくは男らしくなりたかったんじゃない、朝徒みたくなりたかったんだ──だから朝徒、次に会った時は──また一緒に……遊ぼうね…………」

静かな戦場で、一人の兵士が言った。

「大佐殿……この死体は、何故《なぜ》笑っているのですか……」

全身を銃剣に貫かれ、血まみれになった、子供のように小さく華奢な兵士は天使のような笑顔で命を絶っていた。大佐は歯を食いしばって震える。

「こんな少年が……一人で我が一個師団の進軍を喰《く》い止めていたのか……」

戦場に咲く可憐《かれん》な花のような少年の首にかかる物を服から引っ張り出す。

大佐が見たのは一〇個のドッグタグと写真入りのペンダント。

ペンダントを開くと、中には九人の仲間達に囲まれ幸せそうに笑う天使の姿があった。

「全軍進軍をやめろ！　この死体を手当てし日本軍に送り届けろ!!」

「で、ですが大佐」

「これは命令だ！　分かったか！」

周囲の部下達が慌てて命令に従う。そんな中、一人の男がその死体をのぞき見た。

「もう終わりか、こいつはオレが殺したかったんだがなぁ」

「アーロン・ヴォロノフ！　口を慎め！」

「何をセンチになっているのやら。こいつは死んだ。ならそこまでのガキだったのさ」

言いながら、アーロンは気付く。実は以前、一一分隊と戦ったことがある。

ペンダントに写る男達の顔に見覚えがあるのだが、一人だけ見たことの無い顔がある。

そして、一〇個のドッグタグの一つに書いてあった。

「キリュウ？」

◆

「ネメア・クロー!!」

アーロンが左手に握る高周波《ヴァイブロ》ブレードを振るい、容赦なく俺に斬《き》りかかってくる。

俺もムラクモとハバキリで応戦。ハバキリの先端がヘラクレスの肩に当たるが弾《はじ》かれた。

「そんな生ぬるい攻撃でオレの電離分子装甲《ネメア・レオン》が貫けるかぁ!!　イオラオス!!」

アーロンの右手には量子の光が集まる。プラズマソードの長剣が再構築され、二刀流同士で俺達は斬り合う。

ヘラクレスのスペックは間違いなく今まで戦った中で最強だった。

スピードはアキレス以上、パワーはエンキドゥ以上。ハッキリ言えばスサノオと遜色《そんしょく》の無い性能だ。俺とアーロンの戦いは嵐《あらし》の激突も同じだ。ムラクモとネメア・クローの衝突で大気が激震する。空ぶった一撃の衝撃波《ソニックブーム》で地上のビルの屋上にヒビが入る。もしも地上で戦えば、辺り一面を衝撃波《ソニックブーム》だけで更地にしてしまいそうだ。

音速の一〇〇倍以上の速度で暴れ、物理法則すら踏みにじるような暴虐の数々に空気が絶叫し、俺とアーロンは人工の台風となり東京の空で暴れ回った。

「ククク、凄《すご》いなアサト！　やはり男はいいなぁアサト!!　思い切り殺し合いができる!!　この時代には驚いたぞ、女しかいないんだってな!!　おかげでどいつもこいつも一発殴っただけで病院送りだ。こちらは加減して向こうは強化スーツを着ているというのに。そんなのあんまりじゃあないか、なぁ桐生《きりゅう》アサトぉ!!」

殺し合いに狂喜するアーロンに、俺は吐き捨てる。

「悪いがお前に共感できる事なんて何もありゃしねぇよ！」

「嘘《うそ》を言うな。カルキノス！」

ヘラクレスの足周りで空間が歪《ゆが》んだ。ヘラクレスの前蹴《まえげ》り。スネで受け止めたが信じられないような衝撃波《ソニックブーム》が走り、こちらが一方的に見えない何かに叩《たた》き飛ばされた。

「零距離衝撃砲か!?」

未来ならそんな兵器ができていてもおかしくない、と思うと、アーロンの背後が輝いた。

「ケリュネイア！」

ＳＡＳ《スーパー・アクセラレイション・システム》程ではないが、爆発的な加速力を以《もつ》て飛翔《ひしよう》。俺との距離を一瞬で詰めて来る。

俺は得意の零秒加速で回避。距離を取りながら武装を大蛇牙《オロチガ》と大蛇火《オロチビ》に持ち替える。

「アウゲイアス!!」

同時にアーロンは荷電粒子砲を構え、ほとんど溜《た》めずにそのまま放ってくる。

俺の作りだしたタングステン弾とプラズマ弾の弾幕を貫き俺に迫る粒子の光線は、とてもではないが溜め無しで撃ったとは思えない威力と規模だ。

弾幕を張りながらＳＡＳ《スーパー・アクセラレイション・システム》でかわす。だがアーロンはこりずにまた荷電粒子砲を放つ。

「早過ぎるだろ！」

紙一重でかわしてから、俺は八式荷電粒子砲を再構築。すかさず撃ち返してやる。

「ヘラクレスのジェネレータ、反粒子炉エリュマントスをナメないでもらおう!!」

俺とアーロンの粒子砲が激突。勝敗はアーロンの優勢勝ちだ。

俺は自慢のスピードを武器にアーロンの粒子砲をかわしながら攻め手を考え、ゼロ式ノヤマタを背後に保持したままチャージを始める。最大出力の陽電子砲《ポジトロン》、これをキメることができれば、と考え、マイカ達を巻き込まないようさらに高度を上げる。

「ついて来い！」

「ブーストリミッター解放。ディオメデス！」

アーロンが異常加速した。スピードにかけては世界最速の自信があったが、アーロンのヘラクレスは先に飛び立った俺に徐々に距離を詰めている。あの機体はどれほどの性能を秘めているのか？　それを乗りこなすあのアーロンという男の事が俺は気になってしまう。

空が青から僅《わず》かに黒みがかる宇宙と空の境界で、俺は追いつかれる前に陽電子砲《ポジトロン》を放った。陽電子砲《ポジトロン》ならば仮にアーロンが荷電粒子砲を撃ってきても押し勝てる。そう踏んでの攻撃だった。が……

「無駄！　無謀！　そして無意味!!　ヒュドラ・ヴェロス!!」

荷電粒子砲のアウゲイアスを量子化し、アーロンは新たな武装を再構築した。陽電子砲《ポジトロン》なのだろうが、溜め無しでゼロ式ノヤマタに勝てる筈《はず》がないと、陽電子《ポジトロン》の咆哮《ほうこう》を解き放つ。

アーロンは溜め無しで両手で握る巨大な砲口から極太の光の帯を吐き出した。

果たして、俺とアーロンとの間で衝突した破滅の光は互いに喰《く》らい合い滅ぼし合い、そしてかつてない衝撃と光を放った。

爆発から逃れる為《ため》緊急上昇。俺は完全に宇宙空間まで逃げた。逆に言えば、宇宙空間まで逃げなくてはならない程の爆発だったのだ。

戦艦の主砲にも匹敵する超火力同士の激突は尋常ではない。

「ハハハハハハ、粒子砲も陽電子砲《ポジトロン》もチマチマ溜《た》めなくてもヒッポリュテに溜めこんだエネルギーをそのまま引っ張ってくれれば最大出力なんていつでも撃てるんだよ!!」

ヒッポリュテ、おそらくはエネルギー貯蔵タンクのようなものだろう。

スサノオも、ジェネレータで生産したエネルギーをそのままブースターや、武装に送り込んでいるわけではなく、バッテリーを経由している。

余剰分のエネルギーはバッテリーに溜まり、いざとなれば内部エネルギーをまとめて引き出す事はできる。だがその内蔵量は決して莫大《ばくだい》ではないし、フルバーストで戦う今の状態ではそもそも余剰エネルギーがそれほど多くは無い。

「エリヤランス!! アーンド、運動能力リミッター解放!! ミノス!!」

アーロンの手に握られたのは槍《やり》のように長い柄《つか》、そしてその先についているのは大剣並の刀身だ。その形状は斬馬剣と呼ぶのが正しいだろう。俺もアスカと戦った時同様、スサノオのリミッターを外し、ハバキリを腰に納めて大刀ムラクモを両手で構えて立ち向かう。

鋼の凶刃が衝突し高周波刃《ヴァイブロ》が互いを削り合い、ブレード越しに俺らは睨《にら》み合う。

「いい目だ桐生《きりゅう》! 流石《さすが》桐生だ!! 貴様を殺したくてしょうがないんだよぉおおお!!」

全身を殺意と狂喜に染め上げ、他人の血を、死を求めてアーロンが猛《たけ》り狂う。

「なんでだ。どうしてそこまでして俺を殺したがる。俺が男だからか!?」

「そんなものは貴様が桐生だからに決まっているだろうが!!」

アーロンが急降下。また東京へ戻ろうとする。

「ギャラリーは多い程いい。多ければ多い程貴様を殺した時に怯《おび》える奴《やつ》が多くていい!!」

大気圏を一瞬で突破し、俺はアーロンに追い付き背後からムラクモで斬《き》りかかる。

「おっとぉ」

振り返りエリヤランスで防ぐアーロン。

「俺が桐生だからってのはどういう意味だ!?」

「そのままだ。貴様がヴォストーク・サタンで、ベルゼバブ桐生真羅《しんら》の孫だからだよ!」

「何!?」

一棟のビルに激突着地。屋上から一〇〇階以上貫き地の底からブースターで無理矢理這《は》いだすとビルは倒壊して隣の建物を押し潰《つぶ》した。持ち主には悪い事をしてしまった。

「アサト!」

別のビルの屋上で、マイカが不安そうな顔で俺の名を呼ぶ。

「安心しろマイカ。俺は史上最強の男桐生アサトだ！　こんな奴さっさと殺して」

「解《わか》っているじゃないかアサト！　いや、真羅の孫ぉ!!」

「だからどういう意味だって聞いてるんだよ!!」

俺は地上五〇〇メートルで睨《にら》み合い怒鳴る。アーロンは邪悪に笑って自身を指差す。

「どうやら本気で知らないらしいな。だったら教えてやろう！　オレは貴様の祖父で史上最強の生物鬼龍真羅《きりゅうしんら》を作りだすプラン・ベルゼバブ。通称B計画の被験者最大の成功者で真羅になる為《ため》に生きて来た男だ!!」

アーロンの言葉に、俺は耳を疑った。

「じい、ちゃんを……作る？」

「厳密には真羅みたいな超人をだな」

アーロンは、その場にいる全《すべ》ての人間に聞こえるよう高らかに語る。

「貴様の祖父桐生《きりゅう》真羅は史上最強の生物だ！　第二次世界大戦で実質一人で全世界を相手に戦い全世界を恐怖させた程の戦闘力を持っていた!!　政府間交渉で敗戦に持ち込まれた後、日本分割統治計画が頓挫《とんざ》したのも真羅がホワイトハウスに殴り込みをかけて連合国側に脅しをかけたからさ！　ホントに信じられない化け物だ！」

アーロンはさも痛快に、喋《しゃべ》るのが楽しくてしょうがないという風にして喋り続けた。

「だが科学者は知った！　人間はそこまで強くなれると！　後は単純だ、一部の国の連中は死に物狂いになって遺伝子工学の研究をして秘密裏に超人を作り続けたんだよ。ガキの頃《ころ》から思っていた、その真羅というのはどれだけ強いんだろうとな。一度も戦う事無くこんな時代に来てしまったが、聞けばその孫が大活躍だと言うじゃないか。いいぞ、いい流れだ。貴様は間違いなく真羅の孫だ。貴様は暫定史上最強の男だ。だからオレが貴様を殺しオレが最強になる。このアーロン様が史上最強の男だぁ!!」

アーロンの手に再び違う銃火器が再構築された。俺は直感で危険を感じ取り上昇。マイカ達を巻き込まないよう逃げた。

「ステュンパロス！」

放たれた特大の弾頭はグレネードだったらしい。

爆発は小規模ながら、全方位に放たれた弾丸の嵐《あらし》が俺を襲う。

近距離から受けてしまった俺は電離分子障壁《プラズマ・バリア》が間に合わず、薄い電離分子装甲《プラズマ・アーマー》だけでしか防げず、スサノオが機体エラーを訴えた。

グレネードの衝撃は俺自身にも伝わり、口の中が血の味でいっぱいになる。

内臓の位置が変わるかと思う程の激痛が胴体を襲った。

「やめろ――――！」

佐久間《さくま》教官がノブナガに乗って大刀をアーロンに振りおろそうとする。

俺はすぐに危険すぎると叫ぼうとして、間に合わなかった。

アーロンの零距離衝撃砲を搭載した足が教官の腹部を蹴《け》り抜いた。

ビルの屋上に叩《たた》きつけられた教官をさらに踏みつけアーロンは衝撃砲を連続使用。教官はたまらず崩落する屋上ごと瓦礫《がれき》の中に生き埋めになってしまう。

「ちっ、女はモロくてつまらんな。弱いくせに戦場に出てくるな。っと、悪い悪い、今は女しかいないから戦争したら女が戦うしかないんだったな」

地上の女子生徒達を見下ろして、アーロンは舌を出して邪悪な笑みを浮かべる。

「アサトを殺したら貴様らも全員殺してやろう。戦場に出てきたんだ、殺されても文句はないだろう。安心しろ、逆らわない奴《やつ》は殺さずに犯して」

殺意を乗せた大刀ムラクモと、アーロンの大剣が激突。盛大な火花を散らす。

互いに弾《はじ》きあい。俺達は屋上で対峙《たいじ》する。

屋上の穴から教官が飛び出し、手すりにつかまると俺は安堵《あんど》してアーロンを睨《にら》み直す。

「あいつらに手ぇ出してみろ。俺がお前を殺し尽くす」

「もしかしてあいつらは全員お前の女か？　ってそうだよなぁ、貴様は英雄で地球唯一の男だもんな。そりゃ毎日とっかえひっかえハーレム状態で乱交パーティーだよな。もう千人ぐらいとはヤったか？」

「そこまで殺されたいか!?」

俺の声から何を感じ取ったか、アーロンは喉《のど》の奥で笑う。

「お前まだヤってないのか？　信じられないな、地球唯一の男だぞ？　周り全員女だぞ、しかも英雄様でモテモテなのにまだ童貞か。貴様のようなチキンが本当に真羅《しんら》の孫か？」

「アーロン‼」

「オルトロス&ケルベロス‼」

 アーロンの右手に銃口が二つ並んだプラズマライフル、左手に銃口が三つ、トライアンの咆哮はビルをやすやすと貫いて弾幕が俺に襲い掛かる。

 グル状に並んだローレンツライフルが握られる。俺はとっさに屋上から飛び下りるが魔獣の咆哮はビルをやすやすと貫いて弾幕が俺に襲い掛かる。

 電離分子障壁で防ぎながら逃げる俺にアーロンは悪魔のような声で告げる。

「貴様はすぐには殺さん。手足をへし折り動けなくしてから大事な仲間を目の前で一人ずつ犯そう。ちょうどこの時代の女もいい胸してるしな。何喰ったらこんなにデカくなるのやら」

「やめろ‼」

 何せこの時代の女は全員処女だからな。身内のバージンを片っ端から卒業させてやろう！

 俺が戻ると、アーロンは別のビルの屋上で佐久間教官とブレードで斬り合いをしている。

 俺の姿を見るとアーロンは教官を蹴飛ばして俺に向き直り、俺と斬り結ぶ。

 だが連戦に連戦を重ね、先程のグレネードのダメージもある俺は戦いを有利に進められない。スサノオの出力が低下し、人工筋肉と装甲が軋んだ。

 俺はこの程度の体の痛みで怯むほど弱くないが、マシンスペック自体に開きが生まれる。

「アサト‼」

 センゴクに乗ったマイカ達が飛んでくる。

「来るな！」

「隙《すき》だらけなんだよぉおおおおおおおおおおおお!!　貧弱貧相貧力ぃいいい!!!」

ヘラクレスの蹴《け》りが腹部に命中。スサノオは耐えきれず後方に吹っ飛び屋上の柵《さく》に触れるギリギリでなんとか止まれた。

「おいおいなんだこのキレイどころは、おい、お前らはアサトの――」

無意識のレベルでアーロンに斬《き》りかかる。

蹴り飛ばされてからの記憶は飛んでいるがそんな事はどうでもいい。

「貴様もおもしろいな。誰《だれ》かに手を出そうとした時の迎撃速度がハンパではない。貴様、誰かを守るために、などと言ってしまえるタイプか？」

大刀ムラクモと大剣エリヤランスを舞い狂わせながら俺らは激突。殺意と殺人剣を止めることなく浴びせ合う。

「そういうお前は何のために戦う！」

「自分の為《ため》以外のなんの為に戦う！」

「下種《げす》野郎が!!」

「何がゲスだ当然だろ！　殺したいから殺す、犯したいから犯す。この世は強者が全《すべ》て!!強者の望みは全部叶《かな》うようになっているのだ!!」

「悲しい奴《やつ》だな。それだけ力があっても誰も守れない、誰も守ろうとしないんだからな！」

「なら貴様は何のために戦う？　それ程の力を自分の為ではなくなんの為に使う？」

「俺は兵隊だ。国を、日本に住む全ての人を守る為に」

「それは職業の目的だ。そんな仕事の話ではなく貴様自身の信念はないのか？」

「俺自身の信念だと？　だったら聞かせてやるよ、それはなぁ！……」

……………………………………

俺の喉《のど》は言葉を発せず、息を呑《の》み込んだ。――――え？

不敵な笑みを浮かべるアーロンの凶刃が俺を袈裟《けさ》斬《ぎ》りに喰《く》らい斬った。

マイカ達が悲鳴を上げる中、血を吐きながら倒れる俺は愕然《がくぜん》とした。

俺の信念……俺だけの戦う理由……それは……

「アサト、お前なんで軍に入ったんだ？」

「……俺の爺《じい》ちゃんは日本兵で……父さんも兵隊で……」

「ハーハッハッハッ。なんだそうか！　お前はただのレンタル野郎か!!」

愉快に笑い、アーロンは腹を抱えた。

「いるんだよなぁ、そういう奴。親が軍人だから、お友達が軍に行くから。ヒャッハー！」

俺は素早く跳び起きブレードを防いだ。

防ぎながら千年前の記憶が蘇《よみがえ》る。色んな奴に会って、色んな奴と戦って、仲間と、一
分隊の連中と日本を守ると誓いあった。でもそれとは別に、全員自分の夢を持っていた。

持っていないのはただ一人……俺だけだ。

「お前の言う通りだ」

自嘲《じちょう》気味に笑って、俺はアーロンとブレードをぶつけ合う。

「この世の弱き者全《すべ》てを守りたいって健吾《けんご》が言った。

好きな物を好きって言える、誰《だれ》もが自分らしくあれる社会にしたいって雄一郎《ゆういちろう》が言った。

女が好きな人と一緒にいられる世にしたいって門司《もんじ》が言った。

家族が一緒に暮らせる時代にしたいって広見《ひろみ》が言った。

誰も泣かない世界が欲しいって達也《たつや》が言った。

真の正義を成して世界を救いたいって小鉄《こてつ》が言った。

幼い命全てが人生を全《まっと》うできない世界なんていらないって太志《ふとし》が言った。

ガキ共の夢を奪う大人の傲慢《ごうまん》なんていらないって錬二《れんじ》が言った。

強者が弱者から奪わない、強者が弱者を支える未来を作りたいって怜央《れお》が言った。

でも俺は爺《じい》ちゃんと父さんが日本兵で、軍人になるのが当たり前だと思っていた。

国民の為《ため》に戦うのが当たり前だと思っていた。国を、家族を守りたいって気持ちすら爺ちゃんと父さんの借り物だ。俺自身の物なんて何一つありゃしない……」

「ハッ！　借り物の理想、借り物の夢、借り物の信念、そんなもので何ができる？　何が成せる？　所詮《しょせん》は借り物、お前の物ではない、そんな偽りの想《おも》いがこのオレを殺すか？

笑わせるな!!」

ああ、お前の言う通りだ、だけどな……

「ああ、お前の言う通りだ。俺の理想も夢も信念も他人の借り物で、みんなの夢に魅せられてみんなの理想を叶《かな》えたくてみんなの信念を受け継いだ。だけどなアーロン!!」

今にも泣きそうな顔で俺を見つめるマイカ達の姿に、全身の細胞が煮え滾《たぎ》り、マグマのような熱が全身を満たす。

「今すぐお前を殺して、あいつらを助けたいって気持ちは、あいつらを守りたい、あいつらに死んでほしく無い、あいつらとずっと一緒にいたいって、あいつらと一緒に終戦を迎えたいってこの気持ちだけは本物だ！　誰にも否定させない、俺の全存在を賭《か》けてな!!」

クサナギモード発動。

俺はマイカ達を巻き込まないよう縦に破壊の大刀を振り下ろす。アーロンはエリヤランスを犠牲に稼いだ刹那《せつな》の間に難を逃れ、だが武器を失ってもその顔からは余裕が消えない。

「そうか、なら貴様はその願いも果たせず死ぬんだ！　マランドーズ!!」

アーロンの手に量子の光が集まり、見た事も無い程に無骨で禍々《まがまが》しい豪剣が握られる。

「決着をつけるぞ、アサトぉ！」

ビルの屋上中央で俺らはぶつかり合い床が崩落。

はじき出された俺はビル二棟を貫通するがブースト出力にものをいわせて再びアーロン

に喰《く》い下がる。逃げない、退《ひ》かない、諦《あきら》めない。

アーロンの言う通りだ。俺の仲間、一一分隊のメンバーはみんな人生を生きて来た中で自分の夢や信念を持って戦っていた。その中で俺だけが違った。

爺《じい》ちゃんも父さんも軍人で日本を守る為《ため》に戦うのが当然で当たり前のこと。確かにそれは他人からの受け売りだけで構成された偽物の信念だったのかもしれない。

でも、俺は子供の頃《ころ》から、ずっと兵士になりたかったんだ。

日本兵だった爺ちゃんと父さんを見てカッコイイと思っていた。

爺ちゃんや父さんみたく母さんを守りたいと思った。

俺には女の親戚《しんせき》が多くて、俺を可愛《かわい》がってくれる姉さんや甘えてくる妹、何歳になっても俺とくだらないことで馬鹿《ばか》笑いしてくれる幼馴染《おさななじみ》の従兄妹《いとこ》のアサカが大好きで、守ってあげたかった。みんなを守る、みんなを守れる正義のヒーローになりたくて、なろうとして、子供の頃からずっと鍛えて、許せない奴《やつ》らと片っ端から戦って、気付けば不良狩りなんて呼ばれて、俺の横には仲間がいた。

戦争が始まって、国防学園《こくぼうがくえん》に入ってさらに鍛えて、戦場で人を殺し続けた。

そうすれば平和になると信じて、そうすれば大切な人達が笑っていられると信じて。

軍の作戦で罪も無い人々を殺し続けて号泣し、仲間を目の前で殺され自分の無力に絶望して、嘆きと絶望と恐怖の中で殺し続けて、涙が涸《か》れた頃に俺は完成していた。

なのに、この時代に来てまた駄目になった。敵を殺す事への抵抗がなくなったつもりで、相手が女の子になるとまた抵抗感が生まれて、でも、でも……

「ようやく……調子が出て来たな」

マシントラブルのせいで俺の劣勢だった戦いは互角になり、むしろ俺の優勢になってくる。アーロンの眉間《みけん》にしわが寄る。

「貴様、今まで手を抜いていたか！」

「本気だったさ、全力全開で戦闘技術の全《すべ》てを使ってな。でも、この時代に来てからは初めてだよ。殺人技術を使うのはなぁ!!」

目、眉間、こめかみ、人中、喉《のど》。人間の急所だけを狙《ねら》った五連突きを放ってから一切の躊躇《ためら》いなくアーロンの股関節《こかんせつ》に刃を振り下ろして跳ね返される。

惜しいな、今のがキマれば出血多量だったのに。

俺のムラクモはアーロンの急所を執拗《しつよう》に狙い、急所を貫く為に大剣マランドーズを弾《はじ》く。

俺が求めるのはアーロンの命であり死だけ。

捕虜にするなんて考えない、アーロンを殺す為に、倒す為ではなく殺す為に襲い掛かる。

四月からずっと、真剣と実弾なので倒そうとするだけで死ぬ奴もいた。

だが無力化さえすればいいので学園襲撃事件も、アラウビアクーデター事件も死者以外に重傷者も大量に出ている。

今回の装甲戦士(ワルキューレ)と装甲戦姫(ブリュンヒルデ)は余裕があったので意図的に急所以外を攻撃して倒した。

マーベル相手にも全力全開、俺の持てる全てを使って倒した。

でもこいつは、アーロンだけは違う。俺の一振り一振り全てが必殺剣でありアーロンの命をかすめる。

組手ではなく、試合ではなく、闘争ではなく、俺の命をかすめる。

アーロンの剣もまた、殺し合い。純然たる戦争行為。

全身の細胞がうねりを上げて絶叫し力が無限に湧いてくる。

「嬉しいぞ桐生(きりゅう)アサト。これだ、これがオレの求めていた力だ。流石史上最強の生物鬼龍(きりゅう)真羅(しんら)の孫だ。貴様を殺せば、鬼龍を殺せばオレは史上最強を証明できる!!」

「最強最強うるさいんだよ!! 俺はそんなものに興味はない、共感なんてできない」

「他人の為(ため)に戦うなんてボランティアの慈善事業家に共感なんて求めていないさ! だが、その夢を潰(つぶ)すのは楽しそうだなぁ!! フルバースト・オーバーモード!!」

マーベルのアキレスにもついているその機能は、同じアルタニア製であるならば搭載されていてもおかしくはない。ないが、いくらなんでも、

「AAAAAAAAAAAAAAAAAAAAAAAAAAAAAHAHAHAHAHAHAHAHAHAHA!!!」

振り下ろされた斬撃(ざんげき)を受け流し切れず胸を縦に裂かれた。衝撃から生まれた隙をついてアーロンはカルキノス、あの足から放つ零距離衝撃砲(ソニックブーム)で俺を蹴(け)り潰して連続起動。

踏まれる俺は胴体に強烈な衝撃波を何度も喰らい、一度血を吐くごとにビルの床を何枚

も貫き、それでもアーロンはブースト降下でストンピングキックのように俺を踏み潰し続けた。下が床ではなく、土になると頭をつかまれ真上に投げ飛ばされて空に放り出される。

軍事甲冑《かっちゅう》である事を考慮しても異常なパワーとスピードだ。アーロンが追い付く。

「言ったろ？　すぐには殺さないと」

マランドーズで叩《たた》き落とされ、そのまま俺は空中で落ちながら斬《き》られ続け、全身をズタズタにされながら落ち続けた。コックピットが俺の血で真っ赤に染まる。

スサノオがマシンエラーと一緒にパイロットエラーを送るが俺にアーロンのヘラクレスを止めるだけの力は無い。

当然心は折れていない。ここに来ても諦《あきら》める理由などないが、それでも体と機体が俺の気持ちについていってくれない。

遠くからマイカの悲鳴が聞こえる。涙混じりの叫びが痛いほど俺の心臓を叩く。

――あぁ、俺はまた家族を泣かせてしまったのか。

「オラオラどうしたどうした！　それで終わりか？　ぬる過ぎるんだよダボがぁ!!　この程度で終わりとかなまぬるったい事はしないでくれよなぁ!!　まだだ、まだまだだ!!　貴様に見せてやろう慈善事業家!!　悪の頂点というものを!!」

「もうやめてぇ――――！」

マイカが飛んできて、佐久間《さくま》教官に取り押さえられた。

「放して!!　お願いだから放して先生!!」

「黙れ!　アサトが誰《だれ》の為《ため》に戦っていると思っている!!　お前が戦って勝てるわけがないだろう!　お前がアーロンに殺されればアサトの戦いが無駄になるのが解《わか》らないのか!!」

「だって死んじゃう、このままじゃアサトが死んじゃう!!　男だけど、女じゃないけど人間だもん、あたし達と同じ人間だもん!!　不死身じゃないもん!!　お願いだからもうアサトを戦わせないで!!　アサトに危ない事させないで!!　アサトをあたしに返してよ!!」

「大丈夫よ」

◆

アサカの声に、マイカは涙目のまま彼女を見る。

「アタシは、戦場のアサトを知らない。あんた達の方が詳しい。でもアタシには解る」

「何よ、さっきまであんなに心配そうに」

「アタシが心配していたのはアサトの心、でもマイカ、あんたが心配しているのはアサトの体でしょ?　だから大丈夫、相手が男なら」

「男だって人間でしょ!　自分より強い男と戦ったら」

アサカは呆《あき》れたように息を吐《つ》く。

「やっぱり、まだアタシの方が解ってる部分があるわね。あそこにいるのは男なんかじゃない。真の益荒男《ますらお》、鬼龍朝徒《きりゅうあさと》。史上最強の生物鬼龍真羅《しんら》の孫で、この鬼龍朝華《あさか》の従兄妹《いとこ》よ」

「でも！――――アサト!?」

◆

ビルの屋上で、マイカの熱を帯びた切望に俺の目には涙が浮かぶ。

やはりだ、やはり俺は弱い。爺《じい》ちゃんならこんな事にはならなかった。本当の最上最強ならこんな事にはならなかった。マイカにあんな声を出させる事にはならなかった。

――これが、偽りの最強の限界か……

「死ねぇぇぇぇぇぇぇぇアサトぉおおおおおお！」

一本の高周波《ヴァイブロ》ブレードが投げられ、アーロンの右肩に当たり弾《はじ》かれる。アーロンは振り上げたマランドーズを下ろして、振り返る。

「アサトは、あたしが守るんだああああああああ!!」

弾かれたブレードを拾い、マイカがアーロンに何度も斬《き》りかかる。アーロンはマランドーズで全《すべ》て弾き、防いでマイカを見下ろす。

「邪魔なんだよ！」

アーロンは一発の右ハンマーフックでマイカを屋上の床に殴り落とす。さらにケルベロスを再構築してエリコ達へ乱射、エリコ達が助けに来られないようにする。

「アサト!!」

マイカは立ち上がりアーロンに挑み、その度にアーロンに叩《たた》き潰《つぶ》されそれでも諦《あきら》めない。

「その夢を潰《つぶ》してやろう」

「まだ来るか女」

子供の頃《ころ》に戦争で母を失ったマイカは涙を流しながらアーロンを睨《にら》み、世界に叫ぶ。

「もうあたしは誰《だれ》も失わない……家族は…………アサトはあたしが守ってみせる!!」

その言葉を聞いて、俺の涙腺《るいせん》から滂沱《ぼうだ》の如《ごと》く涙が溢《あふ》れて止まらない。俺はずっとこの時代の家族であるマイカを守る為《ため》に戦い、守ってきたつもりだ。でもマイカに気づかされた。

全《すべ》てを失った俺を慕い家族になってくれて、この時代の事を教えてくれて、俺を支えてくれたマイカ。撤退指示を無視して俺を狙《ねら》う暗殺者と戦ってくれたマイカ。そして今マイカは、俺ですら敵《かな》わない最強の敵アーロンと命をかけて戦ってくれている。

俺は嬉《うれ》しくて、でも辛《つら》くって歯を食いしばった。そうだ、マイカは俺に守られていたんじゃない。

——マイカが、ずっと俺を守ってくれていたんだ。

マイカがアーロンに蹴《け》り飛ばされて、屋上の端までフッ飛んだ。

「マイカ!!」

「マイカ？　あの女の名前か。なるほどな、あいつを守りたいわけか、なら」

アーロンがたった今、エリコ達の方まで蹴り飛ばしたマイカへ向き直る。

マイカに向けてゆっくりと遠ざかるアーロンの姿に、俺は叫んだ。

「させるかよ!!」

だがスサノオは動かない。ブーストもアクチュエーターも完全に破壊され、スサノオはただの鉄くずとなっていた。そして機能を成さない鉄の塊となったスサノオを鎧《よろい》のようにして動ける程、俺の体に余力はなかった。

「ふざけんな！　動け！　おい動けよスサノオ！　ここで動かないでどうするんだよ！　ここで戦えなくてどうするんだよ!!　お前日本最強の甲冑《かっちゅう》だろ!!　俺はマイカを守りたいんだ！　あいつに死んでほしくないんだ!!」

遠ざかるアーロンにエリコ達が挑み、そして斬《き》り飛ばされる。

ミズキはマイカとアサカを連れて逃げるが、アーロンの銃撃に背後を撃たれて墜落。

なんとか近くの建物に不時着するが逃げる事はできそうにない。

「雄雄雄雄雄雄雄雄雄雄雄雄雄雄雄雄雄雄雄雄雄雄雄雄雄雄雄雄雄雄雄雄雄!!」

「ちっ、うるさいなぁ、ラードーン!!」

ヘラクレスの腕に、肩に、背中に、次々再構築されていくミサイルランチャー。その射出口が一斉に解放され、膨大な小型ミサイルが一斉に解き放たれる。

迫るミサイル群は一発残らず俺だけを狙っていた。彼我との距離はもういくらもないのに、なお俺の体は動かなかった。五感が失われて、俺は自分がどうなったか認識できない。

直感的にミサイル群の爆発全てに巻き込まれたのだろうという意識だけはあった。

時間の感覚すらあいまいなまどろみと浮遊感。けれど浮遊感はそう長くは続かなかった。意識がハッキリすると、そこにはあの千年桜が立っていた。

その前であまりにも良く知り過ぎた九人が俺の腕をつかんでいる。

怜央、門司、広見、錬二、健吾、雄一郎、小鉄、太志、達也。

九人は一度桜を見上げると俺に向かって歯を見せて笑った。

『朝徒、約束を守ってくれてありがとうな』

俺が何か言う前に、またあの影が浮かびあがる。

アラウビアで倒れた時にも見た少女の幻影。ハッキリとは見えないそれは家族の、マイカに似ているようで、だが色と厚みを増した幻影が取ったのはまったく別の人だった。

「母……さん？」

同じ桐生家の女性で、マイカの四一世代前のお婆ちゃんに当たる、俺の母さん桐生明純がそこにいた。千年前と変わらないキレイな笑みを浮かべて、母さんは俺を抱きしめた。

「だいじょうぶ……だいじょうぶ……朝徒強いもん……ぜーんぶ、だいじょうぶだよ」

母さんと、そして一一分隊の九人の背後に次々と見知った男女が姿を現す。

女は俺の親戚達。男は父さん。そして三次大戦で戦場を共にした仲間が、上官が、俺と命を預け合った全ての人が姿を現して拳を突き上げる。

「おお！！！」

全身の皮膚を叩《たた》く魂の叫び声。そして背後から感じる、あまりにも圧倒的過ぎる存在感が俺に触れた。

「爺《じい》……ちゃん？」

振り返ると、史上最強の男は笑う。

「朝徒」

言った。

「お前、勝てるぞ」

「え…………？」

背中に数えきれない手の感触が当たる。見れば一一分隊の九人と母さんが俺の背中に手を当てて埋め尽くしている。母さんが可愛《かわい》い口を開く。

「朝徒……お母さんからのプレゼント。受け取ってね」

◆

その時、東京中の人々がその光の柱を見ていた。瓦礫《がれき》の中から天に向かって迸《ほとばし》る量子の光。そのあまりの美しさと神々《こうごう》しさには誰もが言葉を失った。

《イナーシャルキャンセラー、ブラックボックスエリアオープン。イザナミシステム起動。機体の全パーツを量子化します》

瓦礫の中からスサノオが天へ上昇、機体が光に変わり死に体のアサトが剥《む》き出しになる。

「スサノオがロスト!? いや、量子化しただけ? でも、でもなんなのこの反応は」

スサノオとリンクさせた自身のＬＬＧを見て、カナデはパニック状態になる。

スサノオが突然量子化し、実体は消えたにも拘《かか》わらず、スサノオの全データが恐ろしい勢いで書き換わっている。まるで、量子化したまま改造するように。

《パイロットの戦闘データ検証。必要スペック演算完了。量子情報の最適化完了。最重要項目戦闘力。非重要項目パイロットの安全性》

血まみれのアサトの全身を、再構築されていく真紅の甲冑《かっちゅう》が覆う。

その姿はスサノオを基本形としつつも、より勇壮に、より神々《こうごう》しく転成していた。

ボディには傷一つ無く、全《すべ》ての損傷が修復されている。その姿に、カナデは愕然《がくぜん》とした。

「アスミ博士は……なんて人なの……」

現代では民間から軍部まで幅広く使われる量子化再構築技術。物質を量子情報化して、その量子情報から物質を再構築する技術だが、これにはいくつかの越えられない壁がある。

まず得られる量子情報は量子化する時の状態に限るので、壊れた軍事甲冑を量子化しても得られる量子情報は壊れた状態の軍事甲冑の量子情報でしかない。

故に、再構築しても壊れた軍事甲冑が姿を現すだけだ。

そして、一度再構築に使用した量子情報は失われる為《ため》、一つの量子情報からいくつもの複製品を作ることはできない。

これは法律ではなく、量子情報の法則、という宇宙の法則だ。今まで数多の科学者達が再構築しても失われないよう、量子情報の保存を試みたが、誰《だれ》一人として破る事はできなかったし、量子情報そのものもコピーすることはできない。

だが今、大破したスサノオを量子化してから完全な状態で再構築、否、必要に応じて改良したという事は、あのスサノオは持っているのだ、自身の量子情報を。

再構築しても自身の量子情報を失う事は無く、量子情報を量子情報のままに自由に書き換え、再構築する。

スサノオに搭載されたアスミ博士の遺産、イナーシャルキャンセラー。そのブラックボックス部分にこんな機能が隠されていた事以上に、カナデはただただ、アサトの母、アスミ博士の実力に生気が抜けてしまう。

五〇〇年以上も世界中の科学者が研究しても手掛かりすらつかめない量子情報の保存と書き換えを千年前に、異常過ぎる。

それはまるで、平安時代の人間が量子コンピュータを作るような次元違いの所業だ。

アサトの話ではアスミ博士は明るくて子供っぽくて、上層部からの要請をてきとうにこなしながらいつも自分にかまってくる子離れできない人だったと言うが、

「これが……アスミ博士の全力、史上最強の男の娘が史上最賢で、なんて、血筋なの……」

スサノオから送られてくるパイロットデータ。

致死量のアドレナリンとエンドルフィンが分泌され、他《ほか》にもカナデの知らないホルモンや脳波が異常発生している。血圧と脈拍も常人の数倍。とてもではないがニンゲンの身体データとは思えない。全身の出血が止まるアサトを見上げて、カナデは呟《つぶや》いた。

「鬼龍《きりゅう》」

◆

「貴様、それはどういう機能だ?」

俺は地面に舞い降りると、アーロンを無視して、

「おいマイカ、お前さっき俺が死ぬとか言ってたよな?」

視線の先で、マイカは頷《うなず》く。

「約束だマイカ……俺は死なないよ、殺されたって死なないよ、だから待っててくれ」

マイカの涙が止まる。

「うん!」

《イザナギシステム起動》

「まぁいい、生き返ったならまた殺してやろう!!」

スサノオが俺の体の一部になる。軍事甲冑《かっちゅう》は搭乗者の視覚と聴覚を強化してくれるが、全身を覆うパワードスーツの特性上、むしろ触覚は阻害される。

けれど今の俺は風や気温を肌で感じ、スサノオを血の通った肉体のように感じていた。

「殺せないさ、俺はマイカの下に帰るんだ。殺されたって死なねえよ」

ずっと俺を守ってくれたマイカ、ずっと俺を信じて、俺を慕ってくれた少女。

だから俺は俺の意志でマイカの為《ため》だけじゃなくて、俺自身の為にも戦う。俺が、マイカの下へ帰りたいから。

《ジェネレータ・ヤサカニノマガタマ起動》

《バッテリー・ヤタノカガミ、充填《じゅうてん》率一〇〇パーセント》

「おいアーロン。お前に見せてやるよ」

「なに？」

俺の脳裏に千年前の、共に戦場を駆けいくつもの中隊や大隊を潰《つぶ》し敵国を恐怖させた第一一分隊、最強の少年兵集団との日々が蘇《よみがえ》る。

「一一分隊式フルコース。史上最強を自称するなら俺ら全員に勝ってみろ!!」

「ほざけ!!」

『乗り物を操縦するコツは人間に無いパーツを体で感じる事だね。人間にタイヤは無いしボディも車ほど大きくない。でも座席を通して繋《つな》がっているんだ。なら、感じるだろ？』

狂った車輪《クレイジーホイール》・浅野達也《あさのたつや》。機関銃手。ナンパ馬鹿《ばか》。騎乗物質全《すべ》てを統べる男。

誓い：死んでも死なないヒーローになって誰《だれ》も泣かない世界を作る。

「オレの剣をかわした!?　なんだそのブーストさばきは!?　今までそんな動きは」

『相手の心の狭間《はざま》、隙《すき》を突き、知的に狡猾《こうかつ》に罠《わな》にはめるのだ。それが我の流儀にしてパンデモニウムのポリシーだ。ぐっ、前世の記憶が』

魔術師《ウイザード》・柿崎錬二《かきざきれんじ》。対空特技兵。中二馬鹿《ばか》。優れた罠工作は魔法との区別不能。

誓い：子供が大人に縛られず自分に嘘《うそ》をつかず自分の夢を追えるようにする。

俺は肩のランチャーパーツからミサイルを六発、アーロンの背後のビルに撃ち込んだ。

「バカが！　どこを狙《ねら》っている！」

『筋肉の奥底に眠る力を解放するのである。筋肉は万能、守りたい者の事を考えながら筋肉の筋肉による筋肉の為《ため》の筋肉運動ができれば不可能はない』

巨神兵《ギガンテス》・宗堂健吾《そうどうけんご》。迫撃砲兵。筋肉馬鹿。象を絞め殺せる唯一の人類。

誓い：この世の力無き、弱き者全《すべ》てを守り切る。

『技に使用する関節全てを連続稼働。あとは自分と調和して相手と調和して空間と調和して宇宙と調和して力の流れ全てを感じ取り己が力として操るだけだ』

誓い：武神の加護に非《あら》ず武神本人。
悪魔の眼《デモンズ・アイ》・須鎌雄一郎《すがまゆういちろう》。対戦車特技兵。我慢馬鹿。
誓い：全ての人が自分らしくあれる、好きな物を好きと言える社会にする。

ムラクモを左手に持ち、右拳《みぎこぶし》による空中正拳《せいけん》突きがアーロンの胸板にクリーンヒット。

アーロンはついさっきミサイルを撃ち込んだビルに突っ込んだ。

と、同時にビルは崩壊、アーロンを瓦礫《がれき》の中に抱きこんだ。


『気配を消すってよりも空気と同化するんだよ。相手の五感に知覚されても認識されるのとはまた別だからな、ここにいますけどなにか？　って感じにするんだよ』

猿飛《Mr.サスケ》・猿渡門司《さるわたりもんじ》。斥候兵。エロ馬鹿。背景と調和する男。

誓い：女が好きな男と一緒にいられる世にする。

『機能が構造を決め、構造がボディを決め、ボディが外見を決めるのであります。故に初めて見る武器でも構造は推測できますぞ』

早業師《ライトニング》・大丸太志《だいまるふとし》。通信兵。二次元馬鹿。ドライバーを持って生まれた人間。

誓い：幼い命が大人になれるまで希望を持って生きられる世界にする。


「こんな小細工でぇえええ!!」

瓦礫《がれき》の山を貫き飛び出したアーロンは荷電粒子砲アウゲイアスを構え手当たり次第に撃ちまくる。周囲のビルに次々風穴が空くがそこに俺はいない。

俺はアーロンに気付かれることなく背後に素早く忍びよると、ムラクモよりも小型のフツシミの切っ先でアウゲイアスの粒子加速器を正確に刺し貫いた。

「ぐっ、いつのまに⁉」

SAS《スーパー・アクセラレイション・システム》の零秒加速で離れる。時間差で爆裂する粒子砲にアーロンが苦悶《くもん》の声を漏らした。

「ぐぁあああ！　この野郎ぉおおおおおおおおおお‼」

爆発から飛び出して俺と距離を取るアーロン。

「馬鹿《ばか》な奴《やつ》だ。俺は侍じゃなくて平成軍人だぞ」

右手に電離分子小銃大蛇火《プラズマ・ライフルオロチビ》、左手に電磁投射小銃大蛇牙《ローレンツ・ライフルオロチガ》を再構築。

「射撃戦は戦場の華なんだよ‼」

アーロンに狙《ねら》いを定める。

『あのね朝徒《あさと》、銃口は自分の人差し指の代わりなんだよ。相手をビシッて指差すみたく銃口で相手をビシッと指せば当たるんだよ』

鷲の眼《イーグルアイ》・小野寺広見《おのでらひろみ》。狙撃《そげき》兵。プラモ馬鹿。必中射撃の絶対神王。

誓い‥家族が別れることなくずっと一緒にいられる時代にする。

命中率を上げる弾幕なんて張らない。フルオートだが俺は電磁投射小銃《ローレンツ・ライフル》の銃身を固めて電離分子小銃《プラズマ・ライフル》と同時に狙い撃つ。ブレることなく整列するタングステン弾とプラズマ弾は外れることなくヘラクレスの右胸と左胸めがけて一点攻撃。

同じ場所に連続必中する銃撃にエネルギーが蓄積して、ヘラクレスの胸部装甲が砕けた。

「この、このくそ野郎がぁあああああああああああ！！」

自慢の高周波大剣《ヴァイブロ》マランドーズを両手に握りトップスピードで迫るアーロン。

「近距離なら勝てると思ったか？　生憎《あいにく》と近代戦闘は中世と違って銃撃戦がメインだけど、弾が無くなっても使える攻撃方法として軍隊格闘やＣＱＢは必須《ひっす》技能でね!!」

〈オロチ武装ナンバー7ヤチホコ〉

一振りの高周波槍《ヴァイブロ・スピア》を再構築すると、俺はその柄《つか》にムラクモを連結、根本にハバキリとフツシミをさらに連結する。二本の高周波刀《ヴァイブロ》と一本の電離分子剣《プラズマ・ソード》を中核にプラズマの光が赤雷を放ち長大な刀身を形成した。

〈オロチ武装ナンバー8八劔八千矛大神《オオイクサガミ》形成〉

『剣を振ると思うな、剣は腕の延長、腕を振るのと同じように扱え。あとは刀線刃筋《とうせんはすじ》を通せば問題ない。物質には全《すべ》て斬《き》り易《やす》い角度が存在する、それを本能的に見極めるんだ』

剣聖《ムサシ》・天道小鉄《てんどうこてつ》。小剣銃手。正義馬鹿《ばか》。世界最年少のソードマスター。

誓い：正義の頂点、救世主となり世界を救う。

『喧嘩《けんか》する時に何考えてるかって？　んなもん決まってんじゃねぇか、それはな……』

狂犬《マッド・ドッグ》・凪本怜央《なぎもとれお》。副分隊長。喧嘩馬鹿。師団相手に喧嘩を売り殴り込む男。

誓い：強者が弱者から奪わない、強者が弱者を支える未来を作る。


「沸殺戮凄《ぶつころす》っ!!!　轟羅勇羅筋羅拳羅猛羅豪羅男羅義羅漢羅雄羅唖《おらおらおらおらおらおらおらおらおらおらおらおらおらおらあ》ァ!!!!」

上段から一気に振り下ろした一撃はアーロンのマランドーズを叩《たた》き伏せる。胴体前面を縦に一閃《いっせん》、アーロンの口からもようやく血が噴きだし、さらに連撃で追い込む。

「なんだ……なんだそれは、さっきと全然違うではないか」

「当たり前だ、今のは全部俺が千年前に率いた一一分隊の連中の力だからな」

「何!?」

「あいつらは千年間、ずっと待っててくれたんだ。たとえ死んでも千年経《た》っても変わらない、あいつらが俺に残してくれた男の意志は永久に絶対不滅だ!!」

「訳のわからないことを、そんな体で何を言われても怖くもなんともないんだよ!!」

総合的なダメージでいえば俺よりもはるかに元気なアーロンは吠《ほ》えるが、俺こそ少しも恐れるものはない。

「アバラ六本、すい臓肝臓潰《つぶ》れて胃が裂けているけど、それがどうした？」

アーロンの顔が固まる。

「なら最後の言葉でも考えたほうがいいんじゃないか？　もうすぐ死ぬぞ？」

「千年前、全身に鉛弾を入れたまま負傷兵を抱えて敵包囲網を突破した。腹にパイプが貫通したましんがりを務めたこともあった。両腕の骨が折れても敵に喰《く》らいついた。たとえ全身の骨が砕けようと心臓が動いていれば戦える。心臓が止まっても脳味噌《のうみそ》が生きていれば戦える。何よりも。俺の目の前で死んでいった連中はたとえ秒読みの余命になっても最後の言葉を残したり神に祈ったりはしなかった」

「何が言いたい!!」

「アーロン！　お前は俺を殺すと言ったな！　ならやってみろ!!」

あいつらが力をくれる。全身の細胞が沸騰して心地よい全能感に体が満たされる。

「四一五万人。それが三次大戦で死んだ日本兵の数だ。でもな、俺の前で死んだ連中はみんな秒読みの余命ならその数秒で殺せるだけ、心臓が止まって魂が尽きるまでの間に殺せるだけ戦った。自分の命は勘定にいれず魂の一片に至るまで己が全《すべ》てをただ誰《だれ》が為《ため》に、それが千年前の、第三次世界大戦を戦う日本軍人の矜持《きょうじ》だ!!　来いよ自称最強、俺は三次大戦最後の生き残り、桐生《きりゅう》アサトだ!!　俺が背負う四一五万人の魂ごと俺を殺してみろ!!!」

「戦死した奴《やつ》の魂全部背負ったつもりか……語ってんじゃねぇぞこのド偽善者が!!」

アーロンがマランドーズを振りあげ俺と斬《き》り合う。

スサノオとヘラクレス。世界最強の二大軍事甲冑《かっちゅう》がぶつかり合い、破壊の嵐《あらし》が喰《く》らい合う。俺達の攻撃一振り一振りで大気が破裂し暴風を巻き起こす。

「その通りだよ！　俺は妄想ばかりの理想主義者だそれがどうした⁉」

千年前、誰《だれ》もがそうだった。

「でもな、自分を信じない奴《やつ》なんかに、勝利の女神はほほ笑まない!!」

誰もが無理だと諦《あきら》める夢を、理想を胸に、誰もが戦い、命を賭《か》けた。

「それがどんなに高い壁でも、どんなに不可能な事でも、ただ前に!!　ただ上に!!　ただまっすぐに!!　ただひたすらに!!　それが男だ!!　そして!!!」

自分の為《ため》に戦う。自分の欲望の為に戦う。そんな事は誰でもできる。簡単に実現できる事だが、俺らは違った。何故《なぜ》ならどんな不可能も可能にできると思っていたから、

「この世で不可能を可能にする絶対の力!!　それはな、男が覚悟を決めた時だ!!!」

俺の剣がアーロンを圧倒する。

「そして爺《じい》ちゃんは世界に勝った!!」

『心配するな朝徒《あさと》！　お前が諦めないならお前は負けない！　仲間の為に戦う限りお前は負けない！　最強への道を歩む限り道は続く、そして辿《たど》り着く！　俺のもとにな！』

ベルゼバブ・鬼龍真羅。史上最強の生物。世界に勝った男。

「味わいなアーロン。これが爺ちゃんの、鬼龍の力だ!!!!!」

『アサト』

──爺ちゃん。

『死んだら来いよ。喧嘩して遊びたいからな』

──応!!　でも、今はその前にこいつを!!!

「男漢雄ああ!!!!!!」

無双の無限連斬撃がアーロンを斬り刻む。

爺ちゃんを、鬼龍真羅を目指して作られても、爺ちゃんの魂を、あの人の生きざまを知らないうわべだけの強さに俺が負ける道理はない。

俺は自分の内側から溢《あふ》れだす全《すべ》てをアーロンにぶつける。
アーロンは逃げるようにクイックブーストで緊急上昇。遅れて俺も後を追った。
「ふざけるなよアサト！　このオレ様が、このアーロン様が殺されるわけがないんだよ!!」
天上が如《ごと》く高高度で止まりマランドーズを構えるアーロン。
これで決める気だろうと、俺も最後の武装を使う。
《オロチ武装ナンバーラスト・無双の大戦神《オオカミノカムロ》神話起動》
《ヘラクレス・リーサルウエポン・神が課した十二の残酷な試練《オリュンポス・フェイト》起動》
俺と、そしてアーロンの剣が最後の咆哮《ほうこう》をあげた。
《スサノオ・ジェネレータ・ヤサカニノマガタマ・リミッター解除》
《ヘラクレス・ジェネレータ・エリュマントス・リミッター解除》
《スサノオ・内部バッテリー・ヤタノカガミ・全エネルギーを八劔八千矛大神《オオイクサガミ》へ》
《ヘラクレス・内部バッテリー・ヒッポリュテ・全エネルギーをマランドーズへ》
アーロンとヘラクレスが白銀の太陽をまとう。
天上の全てを覆い尽くす白銀の輝きはさらに膨れ上がり、天変地異すら想像させる。
対する俺とスサノオは全身に真紅の太陽をまとい、アーロンの光をただの一片も地上の人達には見せまいとばかりに広がった。
戦艦の主砲どころではない。二十一世紀ならば、おそらくは全世界の年間発電量すら上回る超エネルギー同士が地上より宇宙に近いこの場所で、雄雄《しゆう》を決する。

「アサトォオオオオオオオオオオオオオオオオオオオオオオ!!」

「アーロォオオオオオオオオオオオオオオオオオオオオオン!!」

「オリュンポス!!!!」

「オオカミノ!!!!」

アーロンが吠えた。俺が叫んだ。

「フェイトォオオオオオオオオオオオオオオオオオオオオオオオオオオオオ!!!!!!」

「カムロォオオオオオオオオオオオオオオオオオオオオオオオオオオオオオ!!!!!!」

その日……日本の空は、桜色のオーロラに染まった。

◆

空を覆うオーロラを見上げ、マイカは胸が張り裂けそうだった。

あれほどの爆発。果たしてスサノオでも耐えられるかどうか。

もしもアサトが死んでしまったら、と思う自分と、絶対に死なないと約束したアサトを信じる自分がせめぎ合う中、オーロラは消えて、空から二つの人影が降って来た。

「アサト!」

マイカ達と防衛学園《ぼうえいがくえん》中の生徒達、そして、無力化され降伏した五国軍事連合兵達が見守る中、大破したスサノオとヘラクレスが東京の大地に激突。一秒と休むことなく、ハッチを開き、動かなくなった機体を捨ててクレーターの中からアサトとアーロンが飛び出した。

「アーローン!!」

「アサト——!!」

パイロットスーツ姿で二人は殴り合う。

全世界においては実に五〇〇年ぶりの、男同士による殴り合い。

世界最強最新鋭機同士の戦いは一周して、最も古い、原始の戦いになる。

だがこの轟音《ごうおん》はどうだろうか。

世界最強の汎用《はんよう》兵器にして、千年前の軍事力ならば量産機一機で米軍にすら勝てると言われた軍事甲冑《かっちゅう》はもう無いのに、ただの生身の人間同士の殴り合いなのに、その肉体と肉体の激突音たるや東京を激震させ大気を破裂させせんばかりだった。

ボロボロのパイロットスーツは引き裂け、上半身裸となったアサトとアーロン。

二人の肉体から湧《わ》き立つ熱と闘志が空気越しに女達の肌を焼き、殴り合う爆音が女達の心臓を叩《たた》き、男の咆哮《ほうこう》が女達の脳味噌《のうみそ》を揺らした。

防衛学園《ぼうえいがくえん》の生徒達は皆、世界最強の兵器軍事甲冑に乗っている。

今ならば、アーロンなど簡単に押さえ付けることができるだろう。

楽にアサトを助け、アーロンにトドメを刺せるだろう。

なのに、誰《だれ》もできなかった。しようとも思わなかった。

その闘争は、日本の英雄にして戦場の悪魔サオリと、アルタニアのエース無敗の戦乙女マーベルですら言葉を失いただ見入るばかりだった。

気付けば、東京は男達を除き無音と化していた。

防衛学園の人間が、五国軍事連合の人間が、皆一様に男達の周りに集まり、その戦いに息を呑《の》んだ。彼女達は皆、軍人だ。

日々体を鍛え、戦う技術を学んでいる。この道を選んだ理由は様々だが、全員に共通している事はただ一つ『強くなろうとした』だ。

勝つために剣を手に取った。戦う為《ため》に銃の撃ち方を学んだ。強くなる為に軍事甲冑に乗った。結果、力を得た。軍事甲冑と武装を使いこなす彼女達の戦闘力は間違いなく世界トップレベルのモンスター級だ。

なのに一人の例外も無く、目の前の男達に勝てる気はおろか、近づけるイメージすら浮かばない。そのような思考はただの一片も湧きあがらない。

軍事甲冑、陽電子砲《ポジトロン》、戦艦、何を以《もつ》てしても彼らに勝てる気がしない、実力差を埋められる気がしない。いつしか、女達は気付いた。アサトも、アーロンも、どちらも完全なノーガードである事に。それは五〇〇年間、地球上で起こらなかった現象だった。

戦いとは勝つこと、勝利とは相手が倒れ、自分が立っている事、生き残る事。

故に、女達は学んだ。軍事学校に入学してから、軍隊に入隊してからずっと生き残る術《すべ》を、危険を察知し、回避し、敵の攻撃から逃げ、生き延びる方法を教え込まれた。

軍隊格闘などの戦闘技術も、防御や受け身を徹底的に仕込まれた。

死なないよう、生きて帰れるよう防御に徹し、危険から逃げ、死を避け、敵の隙《すき》を狙《ねら》い澄まして攻撃、敵を倒して作戦遂行。それが戦いであるはずだった。

なのにアサトとアーロンにはソレがない。

生き残る事など考えず、自身の安全など考えず、頭にあるのは相手を殺す事のみ、死んでも殺すという男の意志のみで二人は殴り合っていた。

五〇〇年間、例外的に起こったとすればそれは子供の喧嘩《けんか》だ。幼い幼児同士のただ泣きながらお互いを叩《たた》きあい髪を引っ張り合うような、アレだ。

だが男達のコレは子供の喧嘩とは違う。相手を殺す屈強な鋼鉄の俺意志《イズム》であると同時に、それは究極の意地の張り合い。男の勝負。防ぐとは逃げる事。防がなくては危険という事。自身の弱さを認める事。故にアピールしているのだ。

『俺はお前の攻撃なんてへっちゃらだ』『全然効かねぇほらもっと来いよ』と。

車を横転させる拳《こぶし》を、巨木を薙《な》ぎ倒す蹴《け》りを、互いにノーガードでブチ込み合う。

男の意地が、漢の矜持《きょうじ》が、男漢雄《おとこ》の魂が防御などという女々しい事を許さない。

「オレは貴様に！　鬼龍《きりゅう》に勝つんだ！　勝って証明するんだ！　オレが最強だとな!!」

「くだらないな！　最強になってどうする!?　最強になんの意味がある!!」

「貴様に何が解《わか》る！　最強を義務付けられて真羅《しんら》を越えろと言われて真羅のレプリカとしてしか存在価値の無いオレ達ベルゼバブ計画の被験者の気持ちが!!　オレの人生はな、貴様を殺して初めて意味を持つんだ!!　貴様を殺して初めてオレという人間は価値を得るんだよぉおおおお!!」

「やっぱりくだらないじゃねぇか!!　俺に勝たないと人生に意味がない？　俺に勝たないと存在価値が無い？　んなもんお前が勝手に最強に固執しているからそんな風に考えているだけだろうが！」

「嘘《うそ》ついてんじゃねぇ！　てめぇも男なら最強を目指したはずだ！　世界一強くなりたいって思ったはずだ!!　でもオレはソレを政府の連中に押し付けられたんだ。真羅を越えろってな!!　だからただ強くなるだけじゃダメだ！　たとえもう死んだ過去の人間だろうと、地上最強だろうと真羅を越えた強さじゃないと意味がないんだ!!　そんじょそこらの最強じゃ不合格って烙印《らくいん》押されてるんだよ!!　だからオレは貴様を殺す、それがオレの唯一の最強を証明する手段だからな!!」

「確かに俺も史上最強を目指しているよ、でもなぁ、それは爺《じい》ちゃんとの約束だからだ!!」

「約束だと！」

「俺は爺ちゃんと約束したんだ。必ず爺ちゃんに並ぶもう一人の最強になるって、そうすれば爺ちゃんに初めての喧嘩友達ができる。爺ちゃんの孤独感を取り去ってやれるんだ!!」

「ああそうだ他人の為だ！　他人の為に戦って何が悪い！　他人の為に戦って自分が幸せになれてちょうどいいだろうが！」

アサトの頭に浮かぶのはこの時代の家族、マイカの姿だ。

「最強なんて証明しなくてもな、大好きな家族と一緒にいられて、家族の笑った顔が見られれば、俺はそれで幸せなんだよ!!　だから俺はマイカのもとへ帰る為に勝つ!!」

「だまれぇえぇえぇえぇえぇえぇえぇえぇえぇえぇえぇえぇえぇえ!!」

互いの鉄拳《てつけん》が互いの顔面にクリーンヒット。だがアサトは倒れない、アーロンも倒れない。もうどれだけの時間、二人は血肉を削り合い、骨を砕きあったか。それでも二人の力は拮抗《きっこう》し、釣り合っていた。最強の男同士の殴り合いの決着はつかず、女達もその姿を見守るしか無かった。その中でただ一人、マイカが涙を流した。

「アサト!!」

殴り合いながら、この時代の家族に意識を向けると、マイカはまた泣きそうな、辛《つら》そうな顔でアサトを見ていた。アサトの胸が痛み苦しくなる、また『危ない事しないで』と言われる。そんな言葉を口にさせてしまう、と思い……

「勝って！」

「！……………」

「また他人の為《ため》か!!」

エリコとアサカ、レジアンが叫ぶ。

「勝てアサト!」

「勝ちなさいアサト!」

「勝ってアサト!」

 アスカとミズキ、アイシャが声を張り上げる。

「勝つんだアサト!」

「勝って下さいアサトさん!」

「勝てよアサト!」

 カナデとサオリも声を大にして言った。

「アサト君勝って!」

「絶対に勝てアサト!!」

 それから巻き起こる声援とアサトコール。

 その場にいた防衛学園の全メンバーがアサトに勝てと、勝ってくれと願い訴えた。

『アサト!! アサト!!』

 声援の数だけ力が湧く、声援の数だけ拳を打てる。声援の数だけ前に出られる。アサトは男の右足と左足で立って背筋を伸ばす。完全に拮抗していた男の勝負は徐々にアサトに傾き、アーロンは押し負け、後退し、打つ回数よりも打たれる回数の方が多くなる。

アスカの叫びでアーロンのアバラを叩き折る。

ミズキの言葉でアーロンの胸を打ち抜いた。

アイシャの訴えでアーロンの額を割る。

レジアンの激励でアーロンの右腕を破砕した。

アサカの応援でアーロンの右肩を破壊した。

エリコの声でアーロンの左拳を砕いた。

カナデの励ましでアーロンの左肩を壊した。

サオリの声援でアーロンの右拳を潰した。

マーベルまでもが、たまらず涙を流して『勝ってくれ』と頼み、アサトはアーロンの腹に拳を抉り込ませる。そして、

「勝って‼ アサトォ――‼」

「男漢雄男漢

漢雄男漢雄!!」

　マイカの願いで、アサトの拳がアーロンの内臓を貫き通した。

　天を仰ぎ、大地に杭《くい》で打ち込まれたようにアーロンは大量の血を吐き出した。

　両手の拳はほどかれ、地に投げ出されている。

　誰《だれ》の目から見ても、決着は明らかだった。

　アサトはアーロンに背を向け、マイカ達を振り向いて両の拳を天に突き上げた。

「勝った、ぞぉおお!!!!!!!!!!」

『アサト――――――――――――――――――――――――――――――!!!!!!!!!!』

　誰もが歓声を上げて涙を流して喜ぶ、そのままアサトに駆け寄ろうとして、

「ガハァッ！」

　さらに血を吐きだしてアーロンが立ち上がる。まるで幽鬼のようにゆっくりと、不気味なまでの執念で体を支え、一歩、また一歩とアサトに歩み寄る。

「き、りゅう……しんらぁ………」

口から血を流しながら、両手を肩から垂れ下げるアーロンに、アサトは言う。

「背負うモノが無いお前じゃ、俺は倒せない」

「……それが………偽物の……人工真羅《しんら》の限界か………」

「血なんて関係無い。男の強さはな、背中に背負うモノと拳《こぶし》に握るモノで決まるんだよ!!」

アーロンの歩みが止まる。生気のない、死体のような顔から執念すら抜け落ちて、男は思い出す。千年前、あの死んだ一一分隊最後の生き残りの少年が持っていたペンダントの写真、確かその中にアサトの顔があった。以前一一分隊と戦った時、隊長の帰還を待っていると言っていた。一一分隊が待っていたモノ。一人で一個師団と戦った少年兵が守りたかったモノを理解しながら、アーロンは涙を流した。

「あーあ、なんだよ……これで………オレの三敗かよ………」

「三敗?」

「千年前……唯一オレを退けたのが一一分隊で……オレのいた師団の進軍を止めたのが最後の生き残りの広見《ひろみ》って奴《やつ》だ……」

アサトは息を呑《の》んで尋ねる。

「あいつらは……」

「ハンッ……他《ほか》の奴らは知らないが、広見って奴は……」

——誰《だれ》よりも男らしい最期だったぞ。そう言って、アーロンは目を閉じた。

◆

アーロンが空を仰いで倒れた。

けれどその顔は敗者ではなく、答えを得たように穏やかだった。

「アサト！」

センゴクから降りたマイカが俺に飛びついてくる。

棺桶《かんおけ》に片足を突っ込む程に消耗しきった体だが、俺は倒れず、マイカを抱きとめられた。

本当に、信じられないくらい、軽くて、細くて、柔らかくて、可愛《かわい》い存在だ。

「おう、勝ったぞマイカ」

「うん、うん、アサト凄《すご》い！　アサト強いよ！」

俺を見上げる満開の笑みに全《すべ》ての疲れが吹っ飛びマイカを優しく抱きしめる。

本当に、この笑顔は反則だと思う。

「っと、そういえばまだやることあったな、おいエリコ、センゴクのマイク貸してくれ」

俺はエリコからセンゴクの投影マイクウィンドウを借りると、ボリュームを上げる。

『全員に告げる！　日本軍桐生《きりゅう》アサトがアルタニアの最終兵器、アーロンと専用機へラクレスを倒した！　今ここに、戦いは終わった。日本兵は全員、逃げる敵は無視して負傷者の救助に当たれ！』

周囲に動揺が走った。

『一番大事なのは人の命だ！　逃げる敵を追ったり殺すなんて無駄な事をしている暇があったら負傷者を救え、苦しむ者を助けろ！　五国軍事連合の奴らは救助の邪魔は勝手に逃げろ！　そのかわりこちらの救助活動の邪魔はするな！　俺はもう一度たい奴は勝手に逃げろ！　そのかわりこちらの救助活動の邪魔はするな！　俺はもう一度周囲の女子達はあたりを見回したり、おろおろしたりするので、俺はもう一度』

『全員！　今成すべきことを成せ!!』

それでようやく、全員動き始めた。

敵五国軍事連合の兵は死んでいないだけで負傷者が多く、それ以前に甲冑が大破した状態で逃げる事は難しく、故意に逃げる者は少ない。東京上空の母艦は今までの戦いの損傷のせいか、またステルス機能で姿を消すが不完全で、国外へ逃げられるかは微妙だ。

「アサト」

振り返ると、アキレスから降りるマーベルが歩み寄るところだった。

「どうしたマーベル？　アキレスの飛行能力は健在だし、小さい甲冑一機なら国境越えは難しくないんじゃないか？」

「無論そうするつもりだ。だが、その前に言っておくことがあってな」

マーベルの唇が、その言葉を紡いだ。

「アサト、君を愛している。戦争が終わったら君と婚姻関係になりたい」

　全員が息を呑《の》む中、マーベルはアキレスに乗って飛び立つ。

「ではアサト、また次に会う時は勝負だ。そして私が勝ってみせよう」

　言って、マーベルは遠ざかるが、周囲の女子は収まらない。

「アサトくんあたしも愛してるぅ！」

「アサト君アサト君、わたしもアサト君のこと大好き！」

「私と結婚してー！」

「え？　ちょ？　お前ら、おいマイカみんな急にどうしぎゃあああああ!!」

　マイカがアバラの折れた俺を力いっぱい抱きしめて、可愛《かわい》い顔で睨《にら》んでくる。

「ちょっとアサトあれ一体どーいうーことなのよぉおおおおお!!」

「ええいお孫君は引っ込んでいろ、アサトは私と結婚するのだ！」

「おいエリコお前！」

「好きだった時間はわたしが一番ですよ、だって子供の頃《ころ》から好きだったんですから」

「いやアタシなんか〇歳の時から！」

「アサト、一緒にアラウビアに！」

「鬼龍《きりゅう》たるアサトの伴侶《はんりょ》はこのワタシだ！」

「一緒にいてくれないと……嫌」

「ミズキ、アサカ、アイシャ、アスカ、レジアンまでぇ！」

「お前ら何をやっとるか！」

「アサト君は怪我人《けがにん》なんだからね！」

「あ、教官、それに所長、助けてくだ」

「と、とりあえずアサトの身柄は上官である私が預かろう」

「みんな、大尉からの上官命令です！　アサトきゅんを渡しなさい」

「なんか先生態度おかしくありませぇん？」

「職権乱用だぁ！」

「バカを言うな！　私は本当にアサトのことを」

「あー、サオリちゃんアサト君がぁ！」

俺は女子達の波に埋もれ、全身を潰《つぶ》され、息も出来なかった。

パイロットスーツ越しに伝わる女子達の柔らかくも弾力ある、甘い感触に精神をヤラれてしまいながら、俺の意識は遠ざかる。

——あぁ、これが地球唯一の男……か……

◆

目が覚めると、そこは病室のベッドだった。

上体を起こすと、マイカとエリコが椅子《いす》に座って俺を見つめていた。

また飛びかかって来るかと思い、俺は身構えるがそんなことはなかった。

何やら二人ともいつもと様子が違う。

無事目を覚ました俺を優しい眼差《まなざ》しで見つめながら、エリコは言った。

「アサト、君が好きだ。私は君を愛している」

いきなりの告白に俺の心臓が跳ねあがる。意識を失う前にもマーベルから告白されたのを覚えているが、何故《なぜ》急にこんなモテ期が到来しているのだろうか。

「だが諦《あきら》めたよ」

「へ？」

跳ねあがった心臓がぴたりと止まる。一体どういう意味だろうか？

「私もバカではない。アサト、今更君とマイカ君との間に割り込めるとは思っていないさ」

言われて、俺は言葉に困ってしまう。

マイカの頬《ほお》が染まり、恥ずかしそうにうつむきながらも上目づかいにちらちらと俺を見ている。今更だがやはりマイカは可愛《かわい》い。凄《すご》く可愛い。右も左も解《わか》らない俺にこの時代の事を教えてくれて、みんなが珍獣害獣扱いしてくる中でマイカだけは俺を人間扱いしてくれて、一緒にいたがってくれて、エリコにそんな事を言われると、色々と意識してしまう。

「だからアサト」

エリコは溜息《ためいき》をついた。

「私は二番目の妻でいい」

世界、否、俺の時間が止まる事三秒、クルッポーした俺の意識が戻ってくる。

「え、えーとエリコさん？　日本は一夫一妻制ですよはい、それとも愛人宣言ですか？」

「ん？　君は何を言っているんだい？」

不思議そうに首を傾《かし》げるエリコに続きマイカが、

「あ、そういえばあんたの時代って一人としか結婚しちゃいけないんだっけ？」

「え!?」

マイカを見下ろすと彼女はさも当然と言わんばかりに、

「男がほとんどいなくなってからだったかな？　確か誰《だれ》かを愛する気持ちに制限をかけるのは良くないからって本人達の合意があれば誰が誰と結婚しても良くなったのよ」

「ええええええええええええええええええええええええええええええええ!?」

俺の絶叫を無視してマイカが抱きつく。

「だから、一番目の奥さんはあたしね♪」

「私は二番目の奥さんで我慢しよう」

「いや二番目はアタシが！」

「アサカお前どこに隠れてたんだ！」

「ならば私は第四夫人か、まぁ私は順番など気にしないがな」

病室のドアが開いて、マーベルがキリッとした顔で宣言した。

「マーベル!?　なんでお前ここにいるんだよ」

「貴公が倒れて二日ほど経《た》ったのは知っているか？　その間にアルタニアと日本の間に一か月の休戦協定が結ばれてな。私はその使者として来たのだ。ではアサト、今のうちに婚約だけでも済ませて」

「済ませてたまるか！」

俺は枕元《まくらもと》に置いてあった腕時計型ＬＬＧを取ってベッドから飛び出すと窓からダイブ。

「ちょっ、アサト！」

「ここは七階だぞ！」

「大変だ救急車を、何!?」

二〇メートル以上の高さから落ちる俺は衝撃を五分散させる五点接地法という技をキメると無傷のままに走った。

「あれ？　アサトさん、もう起きていいんですか？」

病院のフロント広場で生徒会長のミズキに会う。

周囲には他《ほか》にも学園の女子達がいて、次々集まってくる。

「ああ、なんとかな」

「でもそんなに慌ててどうしたんですか？」

「それがさぁ、なんかマイカやエリコが俺の何番目の妻にどうとか言いだして、え？」

ミズキを含めた、全女子の目つきがおかしい。

眼《め》の奥に光るハンターの輝きに、俺の脳内センサーがアラート中だ。

『じゃああたしとも結婚して——!!』

意識を失う前の二の舞だった。

何十、いや、何百と言う女子達が次々と集まってきて俺に絡みつく。

皆口々に自分も奥さんに、何番目でもいいから、制限ないからと言ってくる。

結婚人数に制限が無い以上、俺が将来誰《だれ》かと結婚しても俺は狙《ねら》われ続けるだろう。

何せ本人が死ぬまで結婚のチャンスは誰にでもあるのだから。

「ちょ、どいて、アサトぉ!」

人混みをかきわけ、マイカが少しずつ近づいてくる。俺もなんとかマイカに近寄る。

「ちょっとごめんな!」

「え? うわぁ!」

マイカを空高く放り投げ、俺自身も真上に跳躍。LLGからスサノオを一瞬で装着しながら再構築するとマイカをお姫様だっこして飛び逃げる。

背後からは女子達の騒ぎ声が聞こえるが構わず逃げる。

そうして俺は学生寮の屋上でスサノオを量子化。ようやく息をついた。

「やれやれ、なんか急に疲れたぜ」

「ほんとね、もう、みんな最初はアサトの事珍獣扱いしていたクセして調子いいんだから」

軽く頬を膨らませて怒るマイカを見下ろして、俺はあらためて今までの事を思い返す。

俺を知る、そして俺が知る人全てがいなくなった世界かと思えば、マイカは俺を家族だと言ってくれた。

右も左も解らない、異世界も同然の千年後の世界の事を、マイカが色々教えてくれた。

周囲から珍獣害獣扱いされる中、マイカは俺と一緒にいたがって、慕ってくれた。

俺を守る為に撤退指示を無視して暗殺者やアーロンと命をかけて戦ってくれた。

あの時俺がどれだけ助けられたか、どれだけ嬉しかったか、言葉にできるようなものではない。桐生マイカ。この時代に来てから、ずっと俺を心配し守ってくれた少女。俺はアサカ以上にマイカの事が好きだ。でも今回の事で気づいた。俺はアサカと同じか、それ以上にマイカを愛している。だから、
俺は幼馴染で半身とも言えるアサカの事が好きだ。でも今回の事で気づいた。俺はアサカと同じか、それ以上にマイカを愛している。だから、

「なぁマイカ」

俺を見上げるマイカに言った。

「大好きだぞ」

抱き寄せたマイカは、俺の気持ちに応えるようにして抱きしめ返してくれた。

「うん、あたしも大好きだよ、アサト」

俺達は、初めて互いに唇を求めあった。

エピローグ

一年後。五国軍事連合は俺に一〇〇兆円の懸賞金をかけたが、装甲戦姫《ブリュンヒルデ》二一人と一緒に失った士気、戦力は回復せず、第十次世界大戦は国連側の勝利となった。一八歳になった俺は戦後処理を決めるサミットに出席、全世界の主権者の前に立つ。大戦の英雄と言われる俺に国連がどんな発言を期待したかは想像しかできないが、俺は自分の気持ちを言った。

「敗戦国への戦後制裁は愚かな行為です……」

主権者達の顔に動揺が走る。世界中に放送中のカメラもある中、俺は続ける。

「俺の参戦した千年前の大戦から、この世界は何度も世界大戦を続けました。それは世界中の人間が自身の欲と利益を優先させて他を見下し排除しようとしてきたからです。人類は俺の生まれるずっと以前から友愛と平和を謳《うた》っておきながら大義名分をでっちあげ、他国から搾取することばかり考えました。戦後制裁も同じです。戦勝国も敗戦国の人間を殺したのに何故《なぜ》被害者ぶるのか？　祖国を守らんと戦った人を何故英雄と人殺しに分けるのか？　一方的な侵攻であってもそれはその国の一部の権力者の暴走であり、関係の無い国民を苦しめ迫害する事に正義があるでしょうか？　被害国が納得できないのは解《わか》ります」

第十次世界大戦は、アルタニアが『世界を統一する事で人類に恒久的な平和を築く』と主張し、それに賛同したイラハスタン、中蒙国《ちゅうもう》、アフリカ連邦、ブラジエラを含める五国軍事連合が一方的に始めた戦争だ。俺の住む日本は被害国に入るが、だからこそ俺は言う。

「ですがやられたからやり返す、戦勝を盾にして敗戦国から搾取する、その矮小《わいしょう》で愚かな思想が新たな戦争や軋轢《あつれき》を生むのです。おそらく国連側の人達は今、どうやって世界を平和にしようか、ではなく、いかにして五国軍事連合から搾取するかを考えている事でしょう」

国連の主権者達が恥じるように表情を変え、五国軍事連合の主権者達は俺に注視する。

「俺の父と祖父と曾祖母《そうそぼ》、子孫たちは皆、そうした思想から生まれた世界大戦の度にその身を投じてきました。そして三次大戦と十次大戦の両方に参戦した俺からの願いです」

一一分隊の仲間や爺《じい》ちゃんの顔を思い出しながら、俺の涙腺《るいせん》から熱い雫《しずく》が落ちた。

「戦勝国が権力を握る事、敗戦国を弾圧する事はやめて下さい。お願いですからもう誰《だれ》も争わないで下さい。もう誰も憎まないで下さい。自分の為《ため》に他人を犠牲にしないで下さい。人類は地球上で唯一他者を尊重し自身の利害を無視して動ける生き物です。人間性を捨てないで下さい。人間らしく生きて下さい」

千年前の仲間の夢が、俺の喉《のど》を震わせる。

「この世の弱き者全《すべ》てを守って下さい!!　誰もが自分らしくあれる社会にして下さい!!　好きな人と一緒にいられる世にして下さい!!　家族が一緒に暮らせる時代にして下さい!!　誰も泣かない世界にして下さい!!　真の正義を成して世界を救って下さい!!　幼

い命全てが人生を全《まっと》うできる世界にして下さい!! 大人が子供の夢を奪わない世界にして下さい!! 強者が弱者から奪わない、強者が弱者を支える未来を作って下さい!! そして全ての人種と民族と身分の人が対等で平等な恒久的平和を下さい!! 俺は……国連の為ではなく、世界を救うために戦ったのですから………」

涙を流しながら俺はソルジャースマイルでそう言い切った。

けれど皆に鼻で笑い飛ばされるか、反逆者扱いされるか、俺が歯を食いしばると、全《すべ》ての国の主権者達が立ち上がった。同時にサミット会場を包み込む拍手。この日、世界には五国軍事連合を加えた真・国際平和連合が樹立。賠償金の放棄、全捕虜の即時解放、国境線の無条件戦前回帰が決まった。

背後から、直接の部下である佐久間《さくま》サオリ少将、いや、教官が歩み寄って、俺に言った。

「お前の祖父は世界に勝った男だが……」

教官が聖母のように優しい笑みを見せてくれる。

「お前は世界を救った男だな、桐生《きりゅう》アサト大将」

「はい!」

俺は幸せを噛みしめて返事をした。

◆

「本当に寝るのか?」

俺に負けたアーロンは日本軍の捕虜となったが、今彼はカナデ所長の作った冷凍カプセルの前に立ち、俺と最後の会話を交わす。

全捕虜の即時解放が決まったが、アーロンは帰国ではなく、再度冷凍される事を望んだ。

「この時代にオレが背負えるモノはない。オレは女嫌いだからな」

自嘲《じちょう》気味に笑って、アーロンは語る。

「オレは、弟を失っているんだよ……弟はクラスの女子に性的虐待を受けて死んだ。でも世間と裁判官は被害者が男で加害者が女である事を理由に一方的に女の言い分を認めて、事故死として処理しやがった。オレがその女共を全員殺したら表向き死刑判決でモルモットだ。B計画には先天的に遺伝子を組み替えるαプランと後天的に遺伝子を改造するβプランがあって、オレは後者で、最強を義務付けられた。だからオレには、お前みたく女を守る為《ため》に、なんて無理なんだよ……」

女と一緒に生きてきた俺と、女に弟を殺されたアーロン。俺がかける言葉に迷うと、

「だからアサト。もしもまた男が増えたら起こせ。今度はオレが勝つ!!」

「……はは、いや……今度も俺が勝つ!!」

こうしてアーロンは冷凍され、俺は再び地球唯一の男になった。

◆

男が生まれなくなるウィルスのワクチン研究は長らく禁止されていたが平和になった後、

五国軍事連合を含めた真・国際平和連合の会議で研究再開が前向きに検討され始めた。

遠い未来、もしかするとまた男女比が一対一になるかもしれない。

あと朗報だがアイシャの妹達は生きていた。

ナイラの言う通り、イラハスタン軍による妹達への生活支援は嘘《うそ》だったが、ナイラが個人資産でこっそり援助していたらしく、俺らとナイラとの和解は成立した。

ちなみに二十歳を過ぎ、次期日本軍元帥に選ばれた俺はと言えば、現代では恋愛における攻めというか男役というか子供を産まない方というか、とにかくそういう女性の中で一部着る人がいる程度のタキシード姿で式場のドアを開けて、呆気《あっけ》に取られていた。

『アサト君結婚おめでとう』

「なんで全員ウエディングドレス姿なんだよ？」

俺の結婚式の式場には元クラスメイトや多くの軍事関係者が来ているが、その全員が何《な》故《ぜ》かウエディングドレス姿だった。エリコが語り、アサカがほほ笑む。

「いや、こうすれば集合写真の時に君と結婚しているような空気が出せるじゃないか」

「まぁまぁ、ちょっと早いアタシとの結婚式みたいな？」

ミズキが言って、マーベルが喋《しゃべ》る。

「一番目の奥さんは取られちゃいましたけど、あ、わたしは五番目でいいですよ」

「なに!?　私の招待状には全員花嫁姿で出席するようにと何故かメールではなく手書きの

カードが封筒に入って送られてきたぞ!?」

カナデ所長が笑う。

「へぇそうなんだぁ、不思議な事もあるねサオリちゃん」

煌《きら》びやかなドレスのスカートを持って、サオリ教官が赤面する。

「だからと言ってカナデ、何も私までこんな、いや嫌いではないが」

「もうみんな！　アサトの奥さんはあたしなんだからね！」

みんながキャーキャー笑って散ると、奥からウエディングドレス姿のマイカが現れた。

真っ白なウエディングドレス姿の、世界で一番キレイな俺の花嫁に歩み寄り、俺は思わず……その頭をなでた。

「はうぅ、だから勝手になでるな痛ぁっ！」

マイカのボディブロウが俺に炸裂《さくれつ》。マイカは右拳《みぎこぶし》を押さえて苦しんだ。

「はっはっはっ、あれから鍛えまくって今や真羅爺《しんらじい》ちゃんにも匹敵する俺の肉体を傷つけたかったら軍事甲冑《かっちゅう》に乗って来るんだな♪」

「もお……この史上最強野郎」

可愛《かわい》く俺を睨《にら》むマイカ、そんな花嫁や式の進行を無視して、カナデ所長がカメラボールを空中に設置する。

「はいはーい、じゃあとりあえず集合写真先に撮っちゃいましょう」

『さんせ――♪』

「え、ちょっとみんなこれからアサトと指輪の交換とかが」

「写真撮ってからにしようぜマイカ」

俺はマイカを後ろから抱き締め。マイカはちょっと恥ずかしそうに頬《ほお》を染めながら大人しくなった。

「ずるいぞマイカ君、なら私は左腕を」

「アタシは右腕を」

「私は貴公の背中を貰《もら》おう」

マイカを後ろから抱き締め、その俺の左腕にエリコが、右腕にアサカが、背中にマーベルが抱きつく。そんな俺達の周りに、大勢の花嫁姿の出席者達が集まった。

俺は二十世紀に生まれて、二十一世紀で育った男子だった。それから第三次世界大戦が始まって、軍事学校に入って、仲間と一緒に戦場へ出た。

その時は、まさか将来の自分がこんな風になるとは思ってもみなかった。

「はい、じゃあみんな笑ってねー♪」

カナデ所長に言われて、みんなで笑顔になる。

射撃訓練中の事故で植物人間になって冷凍されて、千年後の超未来世界に目覚めて、俺は地球唯一の男になった。それからパワードスーツの軍事甲冑《かっちゅう》に乗って、学園や国を救って、史上最強の男になって、世界を救う事が出来た。

本当に、こんな事、今でも信じられない、いや違う、今だから信じられる。

これが今の俺の現実。そして、俺の幸せだ。

◆

画面いっぱいに真っ白なウエディングドレス姿の女性達が写る中、一人だけ黒いタキシード姿のまさしく紅一点ならぬ黒一点の結婚式写真を見ながら、俺はリビングでソファに座って溜息《ためいき》をつく。

「いやぁ、しっかし戦争終わってから色々あったよなぁ……」

「あたしと結婚したこと？」

隣に座るマイカが生後三か月の娘を抱きながら俺に身を寄せて来る。こうしているだけで温かくてなんだかきもちいい。

「いや、そうじゃなくて俺の処遇だよ。男の独占禁止法とか特別人間保護法とか男性共有法とか俺の許可なく真・国際平和連合、色んな国際法作り過ぎなんだよ」

辟易《へきえき》した声を出し、俺は背もたれに体重を預けた。

「全《すべ》ての女性はアサトと自由婚姻権を持つとか全人類はアサトには妻と同様の権利を持つとか、いつ誰《だれ》がアサトと付き合っても浮気にならないとかあつかましくて困ったもんよね」

実のところ言うとそうなのだ。

戦後、大戦の英雄であり世界最強の戦力であり地球唯一の男である俺を取り合って世界中の国が国際会議の場で争い、俺には連日『最高待遇でお迎えしますのでどうか我が国に』とスカウトマンが押し寄せた。

　結果、色々な名前の法律や権利があるが、ようするに俺は全人類、一〇〇億人の女性と結婚、婚姻関係にあり、いつ誰が俺と肉体関係を持っても何年でも好きに滞在する事は無い。そして全世界の国籍を持ち、いつでもどこの国でも浮気で罰せられる事は無い。マイカは法的には俺と優先的に夫婦関係を築ける『優先夫人』という立場にある。その為マイカは一緒に暮らし、平成時代のような夫婦関係を築きたい相手がいたらこの優先夫人婚約をしなくてはならない。アサカやエリコ達とは近々する予定だ。

　今後、俺は相手の合意があれば誰とでも、逆に俺の合意があれば全人類は誰でも俺と肉体関係になれるのだから、本当の本当にトンデモない時代である。

「嫁が一〇〇億人て……爺ちゃん、あんたの孫は全人類とねんごろになっちゃいましたよ下世話な話、俺は相手の合意があれば誰とでも、逆に俺の合意があれば全人類は誰でも俺と肉体関係になれるのだから、本当の本当にトンデモない時代である。

「にしてはマイカ機嫌いいな」

　自分以外の女が俺とイチャつける状態だが、自分でそれを言うマイカは至ってご機嫌だ。

「んー、なんていうか、本妻の余裕？」

「成長したなぁ……」

　しみじみと言って、俺が視線を落とすとマイカの頬が紅潮する。

「ちょっとどこ見てんのよアサト！」

防衛学園《ぼうえいがくえん》時代よりもさらに立派に大きく豊かに成長した胸を娘と腕で隠しながらマイカは可愛《かわい》く呟《つぶや》いた。

「もぉ、本当におっきなおっぱい大好きなんだから……」

「いや別に胸見てたわけじゃ……」

恥ずかしい沈黙の後、不意にマイカが俺を見上げながら顔を寄せてくる。

「ねぇアサト」

出会った頃《ころ》に比べ、随分と大人っぽくなり美人になったマイカは、あの日、あの時と同じ問いを俺に投げかける。

「なんだ、マイカ？」

「この時代、好き？」

「ああ、今なら言えるよ、俺、俺……」

俺はハッキリと、心の底から思う自分の気持ちを口にした。


「大好きだよ」

そっと、俺とマイカの唇が触れあった。

忘却《ぼうきゃく》の軍神《かみ》と装甲戦姫《ブリュンヒルデ》

専用機設定画集

スサノオ
桐生アサトが乗る
日本の専用機体。本巻にて
パワーアップを遂げた。
タイシャクテン
桐生アスカが乗る
日本の専用機体。

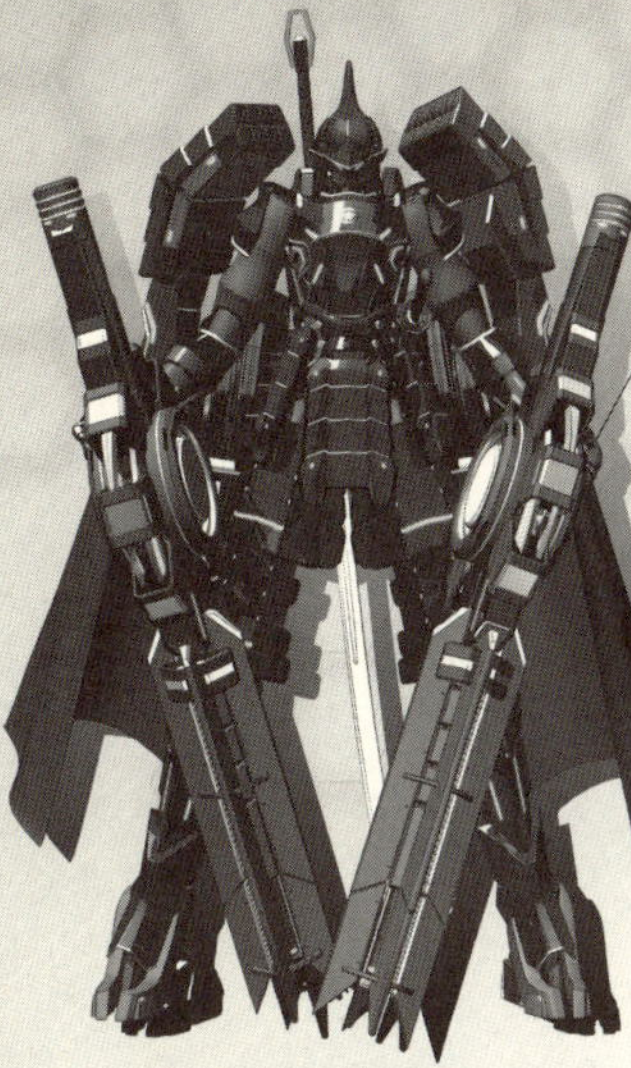

ノブナガ

佐久間サオリが乗る
日本の専用機体。

アキレス

マーベルが乗る
アルタニアの専用機。

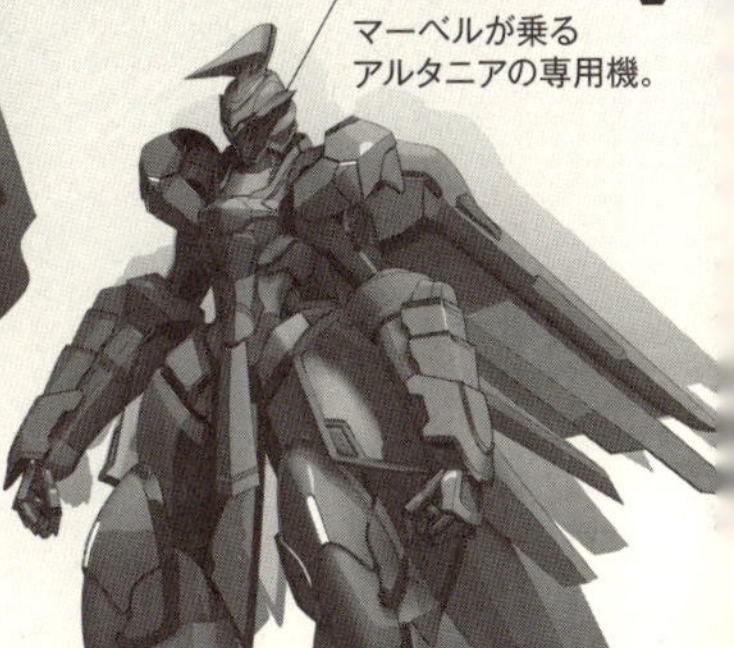

ヘラクレス

アーロンが乗る
アルタニアの専用機。

ギルガメス

ナイラが乗る
イラハスタンの専用機体。

あとがき

皆様お久しぶりです。鏡銀鉢《かがみぎんぱち》です。これにて『忘却の軍神《かみ》と装甲戦姫《ブリュンヒルデ》』は完結です。

最後まで読んで頂《いただ》きありがとうございます。

モバイルアンケートに書いて頂いた皆様の言葉は私の創作の原動力でした。

四巻まで書く事ができたのは読者の皆様の声援のおかげです。

思えば小学生の頃、テレビゲーム・メトロイドの主人公、サムス・アランというパワードスーツヒロインに魅せられ本作を思いついてから、とうとうパワードスーツヒロインを作る側になり、そして完結……感慨深いです。

これからも皆様に楽しんでもらえるような作品を作り続けていきたいです。

少なくとも、この作品を読んでくださった皆様を裏切るような次回作には致しません。

むしろもっともっとおもしろい作品をお届けする為《ため》にアサトと一緒に努力します。

それでは謝辞を。

chocomori様。可愛《かわい》く綺麗な絵柄で、主人公以外全員女性という世界を描き切ってくださりありがとうございます。ギャグシーンにおけるデフォルメを強くしたキャラも本当に可愛かったです。

私はデザイナーではないので、キャラの容姿については文字情報や雰囲気でしか設定できません。ですがchocomori様のイラストを見た時、自分の考えたキャラがどういう姿をしているのかが初めて解《わか》り、大変嬉《うれ》しかったです。

karamiso様、lnw様。英雄の要素を入れた機体をただカッコイイだけではない『アクションフィギュアで遊びたくなる種類』のカッコ良さのデザイン、構造で毎回作って頂きありがとうございます。一年前、最初に軍事甲冑《かっちゅう》のデザインを見た時は『自分みたいな新人にこんな凄《すご》いデザインのメカをいいのだろうか?』と自問しました。

軍事甲冑は中世の金属鎧《よろい》や英雄の要素を含んだデザインで、なのに金属甲冑の無い時代のスサノオやギルガメス、エンキドゥなどの英雄達を上手く表現して頂き嬉しかったです。デビュー作の絵、デザインを皆様に担当して頂いて良かったと心から思っております。

神長《かみなが》様。私とこの作品の担当になって頂き本当にありがとうございます。

そしてこの本の出版に関わってくださった全ての方々とこの本を手に取り読んでくださっている読者の皆様に感謝を捧げつつ——次回作は本作の熱さをそのままに、本作よりも練られた世界観と可愛いヒロインで皆様の期待に応《こた》え切ってみせる準備があります。

それでは最後に叫びましょう。

雄雄雄雄雄雄雄雄雄雄雄雄雄雄雄雄雄雄雄雄雄雄雄雄雄雄雄雄雄雄雄雄雄雄雄!!!!

『男子の精神を持った全ての者よ!!　永遠に男漢雄《おーとーこー》たれ!!!!!!!!!!』

鏡銀鉢《かがみぎんぱち》

・・あとがき・・

こんにちは。

イラストを描かせて頂きました

chocomoriです。

1年間 たくさんの方々にお世話に

なりました。素敵なスタッフの皆様と

ご一緒できて とても楽しかったです。

忘却の軍神と装甲戦姫のイラストを

担当させて頂き本当に幸せでした。

ありがとうございました。

鏡先生、神長様、須甲様、

鈴木様、karamiso/Inw様

そして読んで下さっている皆様

本当にありがとうございました。

2013 秋 chocomori

あとがき

メカ担当 karamisoです。
4巻発行おめでとうございます！
本書をお手にとってくださった皆様、
ありがとうございます。
今回も楽しくお仕事させていただきました。

karamiso

メカ担当2　lnwです。
4巻でましたね！
かなり好き勝手に作りました。
楽しかったです。

MF文庫J

忘却の軍神《かみ》と装甲戦姫《ブリユンヒルデ》IV

発行	2013年11月30日 初版第一刷発行
著者	鏡銀鉢
発行者	三坂泰二
編集長	万木 壮
発行所	株式会社 KADOKAWA 〒102-8177 東京都千代田区富士見 2-13-3 03-3238-8521（営業）
編集	メディアファクトリー 0570-002-001（カスタマーサポートセンター） 年末年始を除く 平日10:00〜18:00 まで
印刷・製本	株式会社廣済堂

Printed in Japan ISBN 978-4-04-066079-0 C0193
http://www.kadokawa.co.jp/

【ファンレター、作品のご感想をお待ちしています】
〒150-0002 東京都渋谷区渋谷3-3-5 NBF渋谷イースト
株式会社KADOKAWA MF文庫J編集部気付
「鏡銀鉢先生」係「chocomori先生」係「karamiso/lnw先生」係

二次元コードまたはURLより本書に関するアンケートにご協力ください。

http://mfe.jp/hrc/

- スマートフォンにも対応しております（一部対応していない機種もございます）。
- お答えいただいた方全員に、この書籍で使用している画像の無料待ち受けをプレゼント!
- サイトにアクセスする際や、登録・メール送信時にかかる通信費はご負担ください。
- 中学生以下の方は、保護者の方の了承を得てから回答してください。